파브리카

본 출판물은 〈우수 출판 콘텐츠 제작지원사업〉의 일환으로 부산광역시와 부산정보산업진흥원의 지원을 통해 제작되었습니다.

파브리카

김지현 소설집

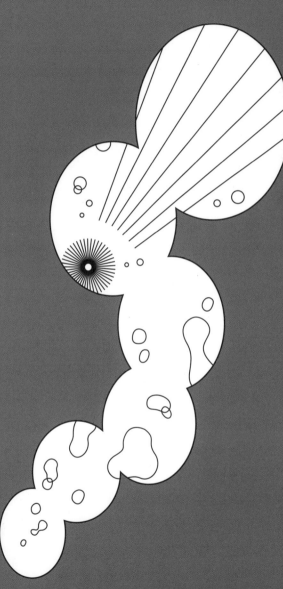

차례

파브리카

"니 혜영이 맞나? 니 얼굴이 와 글노?"

왼쪽으로 슬쩍 당겨진 턱, 왼쪽 눈썹 머리에서부터 사선으로 치켜 올라간 오른쪽 눈썹. 말할 때마다 왼쪽 잇새로 뭔가 씹고 있는 듯 울렁이는 얼굴. 아, 저 징그러운 얼굴로부터 도망치기 위해 얼마나 애썼나. 혜영은 얼굴을 뜯어내 살필 것처럼 달려드는 늙은 여자에게서 한 걸음 물러섰다. 자신을 만든 남자의 누나. 혜영의 얼굴과 미묘하게 닮은 얼굴의 늙은 여자.

혜영은 오랜만에 돌아온 방에서 익숙한 냄새를 맡았다. 뻐득뻐득 마른오징어 껍데기에서 날 법한 비리고 마른 살냄새. 늘 몸에 배어 있던 자식의 자식을 떠맡은 노인의 냄새. 근원지의 냄새. 구역질이 오른다. 이 방에서 18년을 잤다. 벽에는 이제 네 명의 죽은 얼굴이 붙어 있다. 혜영을 만든 남자와 남자의 아버지와 그의 아버지와 어머니. 아버지들의 얼굴은 모두 하나같이 왼쪽으로 피부와 근육이 당겨져 있다. 왼쪽 입꼬리를 당기고 오른쪽 눈썹을 휘어 비웃고 있다. 도망칠 수 없다. 말했잖아, 거울을 봐.

여자는 목소리를 낮출 생각도 없이 치를 떨며 말한다.

"엄마, 쟈 얼굴 봤나? 미쳤는갑다. 하이고… 저게 사람 얼굴이가? 징그러바서…… 도대체 얼굴에 뭔 짓을 한 거고?"

노인은 말이 없다.

노인은 언제고 말이 없다. 어느 날 갑자기 다섯 살배기 여자애를 아들이 갖다 맡겼을 때도, 애 엄마가 사라졌다는 소식에도 말이 없었다. 웬 꽃놀이에서 이름 모를 남자에게 팔짱을 낀 채 웃고 있는 애 엄마를 봤다고 딸이 치를 떨며 이야기할 때도 노인은 아무 소리도 안 냈다. 안방에서 자던 애도 들었는데 노인은 못 들은 척을 했다. 그런 날이면 노인은 잠자리에 누워 여자애를 더 꽉 껴안았다. 애는 노인의 살냄새가 역해 울었다. 노인은 애가 지치지도 않고 울던 밤, 거울을 들이밀고 말했다.

"아가, 엄마가 보고 싶거든 이걸 비챠 봐라. 여기에 느이 엄마도 있고 느이 아빠도 있고 느이 할아부지도 있다. 여 눈은 느이 엄마고, 여 코는 느이 아빠고 여 입은 느이 할아부지다. 니 얼굴에 다 있다. 니는 절대 혼자가 아이라."

여자애는 자라는 동안 그 말이 끔찍하게 무서웠다. 니 얼굴에는 이 집안의 역사가 다 있는기라. 니는 혼자가 아인기라. 거울을 볼 때마다 결코 빠져나올 수 없는 감옥 속에 갇힌 것만 같았다. 자신의 의지와는 상관없는 수많은 얼굴을 달고, 역사를 업고는 숨을 쉴 수가 없었다. 23세가 되던 해에 아버지라는 남자가 포터 안에서 스스로 번개탄을 피웠을 때 혜영은 집을 나왔다. 더 이상 그 어떤 역사도 물려받지 않겠다고 끝없이 주문을 외웠다.

*

"혜영이? 이혜영 맞지?"

왼쪽으로 살짝 돌아간 얼굴. 명태 눈깔 같은 눈매. 인파 속에서 예고 없이 튀어나와 함부로 나를 끌어들이는 저 얼굴. 이 수많은 사람 속에서 순식간에 우리를 한패로 만들어 버리는 저 이목구비. 어째서. 어떻게?

"어떻게 알아봤어?"

"뭘?"

"내 얼굴. 어떻게 알아봤냐고."

"뭐? 그거야 당연히…… 얼굴에 손 좀 댔다고 어떻게 사촌을 못 알아보겠니."

노인의 방에 붙은 얼굴들이 웃는 소리가 들렸다. 왼쪽 입꼬리를 올리고 오른쪽 눈썹을 들썩이며 자지러지게 웃는다. 니는 혼자가 아인기라. 절대 벗어날 수가 없는기라. 나를 사촌이라 부르는 여자의 입꼬리가 기이하게 찢어진다. 왼뺨을 타고 끝없이 솟는다. 어딜 도망가려고. 너도 애를 버릴 테고 이름 모를 남자의 팔짱을 낄 테고 말린 오징어 냄새를 풍겨야지. 번개탄을 피워야지. 얼굴을 가르고 찢은 수많은 칼날이 모두 쓰레기통에 처박힌다. 피맺힌 살갗들이 제자리를 찾아 덕지덕지 달라붙는다. 이름 모를 남자들과 몸을 섞어 번 돈들이 공중에 흩날린다. 뱃속에 들러붙은 얼굴 모를 남자의 씨앗을 긁어내고 집에 오는 길에 마트에서 번개탄을 산다. 도망갈 수가 없다.

　　도망갈 수가 없다고 생각했을 때 빛이 왔다. 알 수 없는 기관의 연구원이라고 자신을 소개한 남자는 SNS 메시지를 통해 장황하고 알 수 없는 소리만 늘어놓았다. 인류 발전을 위해 다양한 연구를 진행 중이라는 이해할 수 없는 이야기와 실험, 사례謝禮 같은 허황한 이야기를 진지하게 했다. 그의 메시지를 천천히 두 번 읽고 나서 나는 자리에서 일어났다. 그의 제안은 물속에 잠긴 나를 건져 올렸다.

　　새 얼굴을 드릴게요.

　　그거면 충분했다.

*

"마취 시작하겠습니다. 편안하게 호흡하시면서 10부터 세어 볼게요."

앞이 흐릿해진다. 곧 잠이 들겠다는 생각을 한다. 흰 나비 한 마리가······

"자 오늘도 이렇게 귀한 연구 자료를 구할 수 있도록 후원해 주신 여러분께 감사드립니다. 신인류를 향한 첫걸음인 F.M.P*의 54번째 실험 대상 수술을 시작하겠습니다. 넘버 M126-54, 나이 31세, 성별 여······"

* Face Modeling Project. 새로운 인류를 위한 인체 해부 및 개조, 유전자 실험을 하는 'Fabrica' 산하의 연구팀. 현재 Fabrica의 존재는 인간 개조 음모론자들이 주장하는 찌라시로 알려져 있다. 연구소의 정확한 위치와 실험에 참여한 실험 대상의 유무는 증명되지 않고 있다.

흰
콩
떡

* 2019년 〈부산일보〉 신춘문예 당선작.

아버지의 가출은 쉰 떡 한 팩 때문이었다. 아직 연락이 되질 않으니 그렇다고 짐작할 뿐이다. 아닐지도 모른다. 라면을 끓여 먹은 흔적으로 보아, 밥이 없어서 그런 것일 수도 있다. 설거지를 하다 만 흔적으로 보아, 더러운 집 꼬락서니에 불끈 울화가 치밀었을 수도 있다. 그것도 아니면, 일주일 만에 집에 돌아왔는데 어두컴컴한 실내가 서글펐던 것일지도.

가출이라는 것이 아버지에겐 좀 맞지 않지만 어쨌거나 지금 이 상황은 가출과 비슷해 보였다. 단순히 집을 나간 게 걱정되는 것은 아니다. 아버지는 언제나 집을 나가서 살고 있으므로. 엄마와 다툰 후 종종 그랬던 것처럼 사나흘 기다리면 곧 아무렇지 않게 연락을 해 올지도 몰랐다. 문제는 집을 나간 것까진 좋은데, 어디로 가 버렸는지 알 수가 없다는 것이다. 마치 전시라도 하듯 열쇠 꾸러미가 버젓이 밥상 위에 올려져 있었기 때문에 소동이 났다.

이 낯선 상황 때문에 나는 짐짓 심각한 목소리로 엄마에게 전화했다. 엄마는 "계속 전화해 봐라. 계속하면 받겠지." 했다. 그리고 익숙하게 잔소리를 늘어놓았다. "아니 그렇게 그걸 왜 안 먹고 쉬게 놔 두노, 하여튼 느그 아부지도 뺄나고 느그도 똑같다. 보나 마나 집 꼬라지 개판으로 해 놨겠지." 나는 수화기를 귀에서 떼고 입술을 꼬옥 깨물었다. 수화기 너머에서는 꿍짝, 꿍짝, 음악 소리가 요란했다. 엄마 목소리 사이사이로 왜 뭔 일 있나, 와 그라노, 하는 목소리들이 불쑥불쑥 넘어왔다. 엄마는 한숨을 푹 쉬고 일단 끊어라, 하고 전화를 탁 끊었다.

지금쯤 엄마는 제주도 해상 위에 솟아 있는 리조트에 있을 것이었다. 4박 5일 일정을 내가 짜 주었으니 오늘이라면 숙소가 거기가 맞았다. 태어나서 처음 가는 제주도였다. 엄마는 출발하는 날 아침 부리나케 공항으로 향하는 바람에 대리기사의 전화번호가 적힌 쪽지를 화장대 위에 두고 갔다. 나는 버스 정류장까지 나왔다가 집으로 돌아가 전화번호를 불러 주었다. 숙소며 렌트카며 식당까지 여행에 소요되는 모든 준비가 내 손에서 이루어졌다. 엄마는 "이럴라고 딸자식 낳는 거지, 이모들이 선물 사다 준다드라" 했다. 여행 멤버는 마트 안에서 엄마와 함께 계를 하는 이모들이었다. 조리 코너에 영미 이모, 공산에 엄마와 은희 이모, 농산에 정숙 이모까지 총 네 명. 그중에서 딸 있는 집은 엄마뿐이라고 했다. 반강제적이긴 했지만 자처해서 여행 플래너 역할을 한 것은 그 계원들 중에 엄마가 제일 내세울 게 없어 보여서였다. 영미 이모네 아들은 이번 분기에 대기업 연구원으로 입사했고, 은희 이모네 막내아들은 올해 서울에 있는 학교에 입학했다. 정숙 이모네 큰아들은 고등학교 수학 선생님인데, 두 달 뒤에 어느 대학 무슨 과 교수 딸이랑 결혼식을 올린다. 나는 저번 달부터 거의 월급이라고 할 수 없는 봉급을 받고 사회적 기업 홍보팀에 들어갔다. 이쪽 계에선 꽤 알아주는 단체라고, 우리 딸은 돈 때문이 아니라 자기만의 신념이 있어서, 그쪽에서 스카우트하다시피 해서 들어갔다고 엄마는 강조했다. 엄마가 '자기만의 신념'이라는 말을 어떤 얼굴로 했을지는 상상되지 않았다. 첫 월급의 액수를 들은 엄마의 얼굴엔 아무런 표정도 없었으므로. 어쨌거나 그중에서 엄마들의 여행 일정을 짜는 건 내가 제일 적합해 보였다. 다들 많이 바빴고, 아무럼 그런 일을 할 군번들은 아닌 듯했다. 여행 경비를 찬조하는 것에 더 적합하달까. 그래서 나는 내 신념에 따라 제주도 구석구석을 파헤치다시피 인터넷을 뒤져 코스를 짰다. 여행을 보내 주진 못하지만 그 누구보다 특별한 경험을 안내할 수 있도록.

다섯 번째 신호음까지 음성 메시지 연결음으로 넘어갔다. 곧바로 다시 전화를 연결하는데 전화기가 꺼져 있다는 안내 음성이 나왔다. 아버지의 열쇠 꾸러미를 쥐고 나는 소파에 앉았다. 꾸러미엔 용도를 알 수 없는 여러 개의 열쇠와 등산용 빨간 버클이 걸려 있었다. 화물차 한 대에 무슨 열쇠가 이렇게 많이 필요한 걸까. 어쨌거나 아버지의 화물차 열쇠들은 지금 내 손 안에 있다. 그건 곧 차에 가지 않았다는 것이다. 혹은 차에 가지 않겠다는 것이거나. 아버지는 어딜 간 걸까. 열쇠 꾸러미를 밥 상 위에, 마치 전시하듯이 그렇게 놓고, 어디로 가 버린 걸까.

확실히 차를 빼놓곤 아버지의 행적을 가늠할 길이 없었다. 그건 남동생도 마찬가지였다. "열쇠를 두고 갔다고? 그럼 차에 안 갔다는 거 아니가. 어디 갔노." "아 그니까 빨리 들어오라고, 어딘데 지금." "내 들어간다고 뭐 되나, 전화도 꺼져 있다매. 내도 전화해 볼게." 동생은 내 대답이 이어지기 전에 전화를 끊었다. 보나 마나 기타를 둘러메고 광안리 해변가를 서성이고 있을 것이었다. 육 개월 뒤에 입대 날짜를 받아 놓은 남동생은 기타 동아리에 들어 토요일 밤이면 거리 공연 같은 것을 한답시고 밤새 돌아다녔다. 입대라는 말의 무게 때문에 엄마도 나도 동생을 크게 나무랄 수가 없었다. 동생은 생활이 몽땅 증발해 버린 사람처럼 굴었다. 느지막이 일어나고 새벽에 나 들어왔다. 거의 얼굴을 마주칠 일이 없었다. 그래도 일요일

엔 꼬박 집에 틀어박혀 있었는데, 아버지가 집에 있기 때문이었다. 동생의 잦은 외박은 엄마와 내가 아버지 앞에서 쉬쉬하는 비밀이었다.

전화까지 끊기자 뭘 해야 할지 도무지 알 수가 없었다. 아무래도 차에 없는 아버지의 모습은 상상이 되질 않았다. 집보다 차에 있는 시간이 훨씬 더 많았고, 얼마든지 차에서 오래 지낼 수 있도록 모든 준비가 되어 있었다. 여름용 이불을 겨울용으로 바꾸거나, 급하게 집에서 빠뜨리고 간 것을 가져다주기 위해 종종 아버지의 차에 가 볼 때면, 이 속에서 생활이란 것이 가능할까 싶도록 폐창고 같은 형상에 흠칫 놀라곤 했다. 여러 켤레의 때 묻은 낡은 신발들이 발 디딜 틈 없이 바닥에 놓여 있고, 걸레인지 수건인지 분간할 수 없는 천들이 뒹굴었다. 습기 찬 물병들이 여러 개, 전표 같은 종이 서류들이 수북하고 각색의 공구들이 널려 있었다. 문짝이며 의자 시트, 수납함은 검은 얼룩들로 찌들어 있었다. 누군가 지나가다가 휙휙 던져 버리고 간 듯한 것들이 한데 뒤엉켜 있었지만, 그 안은 아버지 나름의 질서가 있었다. 그 안에서 아버지는 월요일부터 금요일까지 부산과 강원도를 오가며 먹고 자고 운전했다.

검은 비닐봉지에 담긴 채로 휴지통에 처박혀 있는 쉰 떡한 팩을 꺼냈다. 팩을 감싼 비닐을 벗기자 콩떡의 쉰내가 훅 끼쳐 올라왔다. 떡만 음식 쓰레기통에 넣고 봉지와 스티로폼 용기를 분리해 각각 버렸다. 설거지통에 아버지가 쓰다 만 듯한 거품이 말라붙은 수세미와 빨간 고무장갑이 내팽개쳐져 있었다. 고무장갑을 끼고 수세미에 세제를 더 묻혀 거품을 냈다. 밥그릇 한 개를 들어 올려 닦는데 한 귀퉁이에 이가 빠진 것이 보였다. 아마도 이걸 마지막으로 닦다가 설거지통으로 집어던졌나 보다. 이 빠진 그릇을 싱크대 위에 올려놓고 남은 그릇들을 하나하나 닦았다. 갑작스레 집안의 적막이 온몸으로 엄습해 왔다. 아버지는 차에도 가지 않고, 어디를 배회하고 있을까. 라면 찌꺼기가 묻은 냄비를 닦다 문득 엄마가 떠나는 날 아침에 받은 문자가 떠올랐다. 불고기 볶아서 냉장고 넣어 놨으니까 밥해서 렌지에 돌려 먹어라. 밥을 해 먹지 않았으니 불고기도 냉장고에 그대로 있을 터였다. 닦던 그릇을 내려놓고, 고무장갑을 벗고 전기밥솥 뚜껑을 열었다. 솥 벽에 밥알들이 말라붙어 있었다. 아버지도 밥솥을 열어 봤을 것이다. 그리고 뚜껑을 닫고, 냄비를 꺼내 물을 받아 라면을 끓였을 것이다. 잠깐 한숨을 쉬었을까. 아버지는 TV를 보면서 라면을 먹고, 다 비운 냄비를 싱크대로 가져왔을 것이다. 김치를 냉장고에 넣다가 문득, 식탁 위에 있는 검은 비닐봉지를 발견했을 것이다. 비닐봉지를 열어 쉰 떡을 확인하고 봉지째 쓰레기통에 처박았을 것이다. 짜증을 억누르고 고무장갑을 끼고 그릇들을 닦는다. 그러다가 불끈, 억눌러지지 않는 울화통이 아버지의 가슴을 찢고 튀어 올랐을 것이다. 닦던 밥그릇을 집어 던지고, 고무장갑을 반쯤 뒤집히도록 아무렇게 벗어 놓고, 휴대폰이며 지갑이며 이것저것을 챙겼을 것이다. 열쇠 꾸러미를 무심코 주머니에 챙겨 넣다, 불현듯 어떤 감정이 스쳤을까. 아버지는 열쇠 꾸러미를 다시 밥상 위에 내려놓고 신발을 꿰어 신고 집을 나갔을 것이다. 그리고 어디론가 가고 있을 것이다. 나는 밥솥을 꺼내 말라붙은 밥알들이 불어 떨어지도록 물을 가득 받았다.

떡이 쉰 것은 실은 처음이 아니었다. 아버지는 기나긴 사냥에서 돌아오는 사람처럼 언제나 손에 무언가를 쥐고 귀가했다. 아버지가 가져오는 것 중 어릴 적 우리가 가장 좋아했던 것은 안흥 찐빵이었다. 팥이 부드럽고 달콤한 안흥 찐빵은 강원도 안흥에서만 구할 수 있는 것이었다. 아버지는 종종 찐빵을 한 상자씩 가져왔고 엄마가 찜솥에 쪄 주곤 했다. 당시 안흥 찐빵은 비싼 것이었고 어떤 이유에선지 어느 순간부터는 볼 수 없었다. 찐빵 외에도 아버지가 가져오는 것은 다양했다. 센베이 과자 한 상자일 때도 있었고 먹을 것이 아닐 때도 있었다. 초등학교에 납품하던 나무 상판을 댄 철제 책걸상도 그중 하나였는데 동생과 내 몫 두 세트를 가져와 한동안 사용하기도 했다. 그런 것은 짐으로 실어 운반해 주고 감사 인사 차원 정도로 받아 온 것들이었다. 가끔 의외의 것들도 있었는데 휴게소 같은 데서 파는 이삼천 원짜리 손바닥 책이었다. 국문학과로 진로를 결정한 고등학생 시절 아버지가 불쑥 책상 위에 내려놓았던 조그마한 책들은 내겐 꽤 낯선 것이었다. 아버지는 가방끈이 짧은 시골 출신이었고 아버지와 책이란 어쩐지 잘 어울리지 않았다. 책들은 '대화의 기술', '만병통치 민간요법', '10분 투자 일본어 회화' 같은 실용서들이 대부분이었고 촌스러운 표지에 내용도 엉성해 보였다. 그래도 어쩐지 트럭이나 좌판에서 그런 것들을 훑어보고, 고심해서 골라 돈을 주고 샀을 아버지의 모습이 잘 상상되지 않아 웃으면서 받았다. 읽어 볼 기회는 없었다. 전두엽 어디쯤에서 이미 그 책들은 읽을 만한 가치가 없는 것들로 판명 나 기념품 정도로 분류되어 잊혔다.

쉰 떡들도 그런 종류의 한 가지였다. 아버지에게 떡은 밥보다 아내보다 더 아버지와 가까운 무엇이었다. 유독 떡을 좋아하는 것도 있었지만 밥 먹을 시간도 없이 시간에 맞춰 도착하기 위해 운전할 때나, 큰 공장 같은 데서 짐을 풀기 위해 하염없이 기다려야 하는 시간들에 아버지의 시장기를 채워 주는 것은 떡이었다. 잘 쉬거나 굳는 탓에 쌓아 두고 먹을 수도 없는 떡들을 때마다 고심해서 고르는 아버지의 눈은 그 어느 때보다 반짝였다. 아버지는 귀갓길에 부러 시장 어디 맛있는 떡집에 들러 떡 두어 팩씩을 사 왔다. 아버지의 유별난 떡 사랑 때문에 여름이면 엄마와도 종종 말다툼이 일었다. 금세 쉬는 떡들은 사 온 그 자리에서 다 먹어 치우지 않으면 곧 냉동실 행이었고, 냉동실에 들어가고 나면 쉽게 방치되었다. 그렇게 냉동실엔 떡이 쌓여 가고 아버지는 계속해서 새 떡을 사 날랐다. 동생과 나도 떡을 좋아하는 편이었는데, 문제는 아버지가 사 오는 떡의 종류였다. 우린 달짝지근하고 고소한 송편이나 꿀떡, 경단 같은 것을 좋아했는데 아버지 취향엔 콩떡이나 팥고물 떡, 감자떡 같은 것들이 더 맞았다. 그래서 여러 종류를 사 오더라도 언제나 비슷한 것들이 남아 냉동실에 쌓였다. 때때로 냉동실로도 가지 못한 채 쉬어 버린 떡들은 아버지가 돌아오는 주말이 되기 전에 엄마가 처리했다. 음식 쓰레기통에 넣으면서 엄마는 짜증을 멈추지 않았다. "아휴, 너거도 아부지도 빌나 빌나." 이번 건은 엄마가 제주도에 가 있는 탓에 미처 처리되지 못한 것이었다.

새벽이 깊도록 아버지에게서 전화는 오지 않았다. 동생도 들어오지 않았다. 언제나 반쯤은 비어 있는 집이었지만 어쩐지 오늘은 이 집 안에 혼자 누워 있다는 것이 쓸쓸했다. 이불을 가슴께로 끌어올리며 모로 누웠다. 한 손에 아버지의 열쇠 꾸러미를 쥐고 눈을 감았다. 기름 냄새와 쇠 냄새 같은 것들이 뒤섞여 꾸러미에서 풍겼다. 차를 두고 어딘가로 갔다면 차는 근처에 있을 것이다.

일요일 오전의 고요가 거실 전체에 내려앉아 있었다. 평소라면 마트로 출근하는 엄마를 대신해 아버지가 유일하게 아침 밥상을 차리는 날이다. "이런 걸 내가 해서야 되나, 다 큰 딸래미가 있는데." 아버지는 그렇게 투정했지만 언제나 나보다 먼저 일어나서 밥상을 차렸다. 아버지의 기상 시각은 새벽 다섯 시였고 나는 도저히 그보다 일찍 일어날 재간이 없었다. 거실은 텅 비어 있었다. 우리를 깨우려는 듯 볼륨을 높인 텔레비전 소리도 없었고 엄마가 만들어 놓은 반찬들을 내놓는 것일 뿐이었지만 아버지가 차린 밥상도 없었다. 부서질 듯한 햇빛만 거실 한가운데에 쏟아져 들어오고 있었다. 동생 방문은 굳게 닫혀 있었다. 새벽녘 들어와 늦은 잠을 자고 있을 터였다.

쌀을 씻어 밥을 안쳤다. 반찬을 꺼내는데 전화벨이 울렸다. 냉장고 문을 닫지도 못한 채 서둘러 달려가 전화를 받았다. 엄마였다. "일났나, 아빠 전화 왔드나, 내 전화도 안 받네." 엄마가 좀 전에 아버지에게 전화를 해 보니 휴대폰이 켜져 있다고 했다. 일정대로라면 지금쯤 엄마는 쇠소깍에 투명 카약을 타러 가 있을 터였다. 엄마의 첫 제주도 여행은 아무래도 틀어져 버린 것 같았다. 투명 카약을 즐겨야 할 시간에 엄마는 전화를 돌리고 있었다. 전화를 끊고 아버지에게 전화를 걸었다. 신호가 갔다. 신호음은 음성 안내를 하는 여자를 향해 쉼 없이 달려갔다. 막 전화가 끊어질 듯 신호음이 길어지는데 달칵 소리가 났다. 전화가 끊기지 않은 것이었고, 아버지가 전화를 받았다는 것이었다. "아빠, 어디예요." 아버지는 아무 말도 하지 않았다. 여보세요, 아빠, 아빠. 곧 끊어질 것 같은 위태로움 속에서 나는 바삐 아버지를 불렀다. 침묵 너머에서 대답이 건너왔다. "와 전화했는데." 예상외로 순순히 불려 나온 목소리에 허탈한 미소가 번졌다. "어디예요, 집에 안 와요." 피하지 않기로 작정한 듯이 아버지는 쉽게 답했다. "안 간다." 그 한마디를 남기고 아버지는 전화를 끊었다. 뚜우 뚜우. 신호음을 들으며 멍해졌다. 전화를 받았고 대화도 했지만 어디서부터 매듭을 풀어야 할지 알 수가 없었다.

잠든 동생을 부랴부랴 깨워 다시 전화를 걸었지만 아버지는 받지 않았다. 동생은 인상을 쓰며 곧 들어오겠지, 저번에도 그랬잖아, 하고 소파 위에 풀썩 누웠다. 오 년 전, 동생은 그때를 말하는 거였다. 그때 아버지는 일주일 꼬박 연락 두절 상태였다. 엄마는 꼭 뭐가 씐 것 같은 날, 이라고 말했었다. 콩나물국, 그땐 콩나물국 때문이었다. 아버지가 집을 떠나기 전 온 가족이 다 함께 식사하는 월요일 아침이었다. 동생은 냉장고에서 반찬들을 갖다 나르고, 나는 수저를 하나하나 놓았고, 엄마는 생선을 굽고 식사를 준비했다. 아버지는 천천히 안방에서 나와 식탁 앞에 앉았다. 으레 암묵적 규칙처럼 모두가 함께 아침을 먹어야만 하는 일주일 중 유일한 날이었다. 동생은 덜 깬 잠을 쫓듯 하품을 늘어지게 했고, 나는 생애 유일한 스무 살을 보내는 중이었으므로 그날의 코디를 맞추느라 여념이 없었다.

모두가 식탁 앞에 모였고, 밥이 날라 왔고, 그리고 콩나물국이 올랐다. 엄마와 동생이 국을 첫술 떴고, 나는 생선을 찢고 있었다. 아버지가 갑자기 들고 있던 숟가락을 식탁 위로 내팽개쳤다. 엄마의 놀란 눈이 아버지를 향했고, 동생이 튄 숟가락에 맞았다. 아버지는 이 뭣 같은 집구석, 하며 속옷 가방과 열쇠 꾸러미와 지갑과 휴대폰을 챙겨 현관문을 쾅 닫고 나갔다. 엄마는 소리 한 점도 입 밖으로 내지 못하고 멍한 눈으로 가만히 앉아 있다가 눈을 훔쳤다. 숟가락에 맞은 동생의 이마가 금세 빨갛게 부어올랐다. 나는 하염없이 아버지 앞에 놓인 콩나물국 그릇을 바라봤다. 엄마는 겨우 쥐어 짜낸 목소리로 도대체 왜 저러는데, 했다. 동생은 부어오른 이마도 매만지지 못한 채로 떨고 있었다. "엄마 오늘 며칠이지." 불현듯 무언가가 머릿속에 스쳤다. "오늘 월요일 아니가. 아……" 엄마의 머릿속이 하얗게 비워지는 소리가 났다. 엄마는 뛰어가듯 거실로 내달려 벽걸이 달력을 올려다봤다. 엄마는 소파 위에 걸터앉아 혼이 쏙 빠진 얼굴로 말했다. "아부지한테 전화해 봐라."

　　그날은 콩나물국이 아니라 미역국이 올랐어야 했다. 엄마는 정신이 나간 사람처럼 혼잣말로, 또는 나를 향해 말했다. "이십 년 동안 한 번도 까묵은 적이 없는데, 오늘은 우째 그랬을까. 분명히 이틀 전에만 해도 알고 있었는데, 미역이랑 소고기도 샀는데, 우째 그래 머가 씌인 거처럼 홀딱 까묵었을까.

느그는 다 머 했노, 느그가 그러고도 자식 새끼들이가. 내가 말을 안 했어도 느그는 알고 있어야 하는 거 아이가." 엄마의 타박을 들으며 동생은 교복을 입고, 밥도 한술 뜨지 못한 채 부어오른 이마를 달고 나갔다. 나는 아버지에게 전화를 걸었고, 신호음이 가다가 꺼졌다. 엄마는 출근 준비도 하지 않고 안방에 들어가 누웠다. 그러고는 곧 흐느끼는 소리가 들려왔다. "그렇다고 그렇게 화를 내고 나가나, 처음이다 이십 년 동안 처음. 요새 하도 몸이 힘들어서 나도 모르게 깜빡했는데, 그걸 그러고 화를 내나. 지는 이십 년 동안 내 미역국 한번 끓여 준 적 있나, 어이고." 엄마의 곡소리를 들으면서 나는 식은 콩나물국을 국솥에 붓고 식탁을 치웠다.

　　그때 아버지는 일주일 동안 가족들에게서 걸려 오는 전화를 모두 받지 않았다. 그러는 동안 아버지는 동해로, 춘천으로, 일을 했다. 온 가족이 매일같이 전화기와 씨름을 했지만 아버지에겐 열쇠 꾸러미가 있으니까, 아마도 모든 것이 완비된 차 안에서 잠을 자고, 휴게소에서 정식을 사 먹으며 지내고 있을 거란 짐작을 할 수 있었다. 다음 주말 아무렇지 않게 아버지는 집에 들어왔다. 별말 없이 늦은 미역국을 먹고, 엄마가 준비한 잡채와 소불고기를, 동생과 내가 준비한 떡케이크와 싸구려 선물들을 받았다. 그렇게 일주일 만에 생일 사건은 지나갔다.

　　하지만 이번에 아버지는 열쇠 꾸러미를 놓고 갔다. 분명

그때완 다른 상황이었다. 그 일주일간의 불통된 수십 통의 전화와 졸였던 마음이 생생하게 떠올랐다. 그때도 어쩌면 아버지가 영영 집에 들어오지 않을지도 모른단 생각을 했었다. 아버지는 주말이면 꼬박꼬박 집으로 돌아왔지만, 어쨌거나 잘 자리와 생활을 꾸려 놓은 곳이 있었다. 동생과 나는 언제나 아버지의 그늘에 있었고 가장의 존재가 우리 생활에 녹아 있었다. 그럼에도 우린 아버지가 없는 밤들을 엄마와 나, 동생 셋이서 보내며 살고 있었고 아버지가 벌어 온 돈으로 학교에 다니고 생활을 했다. 아버지의 노동이 우리의 하루하루를 만들어 주었지만, 지친 아버지의 얼굴과 어깨를 매일 보며 살진 않았다. 나와 남자친구의 여행이, 동생의 외박이 아버지의 귀에 닿지 않은 채 엄마와의 밀약으로 행해졌다. 아버지와의 대면은 토요일 저녁 외식과 월요일 아침의 밥상에서 그쳤다. 그렇게 아버지는 당신만의 공간으로, 생활로 건너갔고 우리는 다시 엄마를 잘 구워삶으며 우리의 생활을 만들어 갔다.

하지만 열쇠 꾸러미가 없는 지금, 아버지의 생활이 없다. 아버지는 그의 공간으로 건너가지 않았다. 그것은 곧 우리의 생활도 가능할 수 없음을 알리는 징표였다. 아버지를 지탱하는 두 개의 기둥 중 하나가 속이 비어 버린 것이다.

갓 지은 밥알들이 고슬고슬했다. 엄마가 해 놓고 간 불고기를 데워 밥을 먹고 설거지를 했다. 침대에 드러누운 동생을 깨워 다시 전화를 걸었다. 이번에도 아버지는 동생의 전화를 한차례 받았다. "내는 내 알아서 살 테니까, 느그는 느그 알아서 살아라." 동생이 아버지가 한 말을 흉내 냈다. 엄마를 뺐던 동생은 커 가면서 아버지를 닮아 갔다. 아버지와 판박이었던 나는 종종 엄마와 외출을 하면 분위기가 많이 닮았다는 소릴 들었다. 무엇보다 외꺼풀의 아버지와 짙은 쌍꺼풀을 가진 엄마는 이목구비가 전혀 대조적이었는데, 두 분이 빼닮았다는 소리를 친구들의 입에서 지겹도록 들었다. 그렇게 아버지의 이목구비를 빼다 박고 엄마의 분위기를 닮은 나는 열쇠 꾸러미를 들고 집을 나섰다.

동생은 아버지가 짐을 받는 운수회사 사무실에 가 보기로 했다. 언젠가 방학을 맞은 동생은 아버지의 성화에 못 이겨 강원도까지 오가며 아버지의 차에서 일주일을 보낸 적이 있었다. 그때 들렀던 사무실의 위치를 동생은 대충 기억한다고 했다. 지하철역으로 함께 내려와 동생은 반대 방향 개찰구로 향하면서 "먼저 찾는 사람이 전화하기." 하고 떠났다.

나는 차를 찾아보기로 했다. 어쩌면 아버지는 보조키 같은 것으로 차에서 생활하고 있을지도 몰랐다. 아무래도 차 말고는 아버지의 행적을 좇아 볼 만한 곳이 전혀 떠오르지 않았기 때문이다. 아버지가 주로 주차하는 곳이 어딘지 대충 알고 있었다.

우리 집은 시외와 접하는 부산 끝자락에 있는 아파트 단지였다. 화물차는 함부로 주차하기가 어려워 도심으로는 이사 갈 수가 없었다. 주차료를 받는 화물차 전용 주차 공간은 한 달 주차 값만도 만만치 않았다. 시외로 넘어가는 변두리 쪽에는 아직 개발되지 않은 공터나 강변 주위로 주차 딱지를 끊으러 오지 않는 땅들이 꽤 있었다. 물론 땅 주인은 따로 있을 터였지만 밭으로 일구지도 않고 건물이 들어서지도 않은 땅들은 관리가 소홀한 곳들이어서 암암리에 화물차주들이 주차 공간으로 이용했다. 아버지는 예의 그 거리낌 없고 화통한 성격으로 당신이 맡아 둔 자리에 가끔 주차된 소형 트럭 차주들한테 큰소리를 쳤다. "여가 지금 내 땅인데 누구 허락받고 여기다 차 대능교? 빨리 차 빼소." 뭣 모르는 기사들은 죄송합니다, 하고 차를 타고 꽁무니를 뺐다. 종종 서글서글한 기사들에게는 한술 더 떴다. "사장님, 그라믄 어데 차 댈 만한 자리 없을까예." "보자, 요기 옆이 내 아는 사람 땅이거든. 내가 말해 둘 테니까 여따 대소." 물론 진짜 땅 주인을 만나 쫓겨날 때도 있었다. 그럴 때도 아버지는 당황하지 않았다. "아니 맨날 대도 한 번도 주인이 안 뵈길래 주인 없는 땅인가 했지요. 빼면 될 거 아인교." 그래도 곧잘 새로운 자리를 물색했고, 댈 곳이 없을 땐 시 외곽에 대고 한참을 걸어 지하철을 타고 집에 오기도 했다.

요즘 아버지의 자리는 고가도로 다리 밑이었다. 도로를

떠받치는 다리 두 개 사이에 딱 아버지의 차 한 대가 들어갈 만한 공터가 있었다. 아버지는 비가 와도 걱정 않아도 된다며 좋아했다. 혹 짐을 실어 놓은 주말이면, 비가 오진 않을까 노심초사하며 수시로 베란다 창문을 들락거렸다. 비가 쏟아지기 전에 방수용 갑바를 여러 겹 쳐 놔야 짐이 젖지 않기 때문이었다. 갑바를 치는 일은 몇 미터가 되는 짐 위로 올라가 꼼꼼히 덮고 끈을 조여 탱탱하게 묶고 하는 작업이었다. 갑바는 그 무게만도 대단해서 단순히 힘이 세다고 누구나 할 수 있는 일은 아니었다. 기술과 요령이 필요했다. 아버지가 갑바 치는 모습은 정교한 작업에 열중한 장인의 모습과 같았다. 언젠가 갑바를 치고 내려오던 아버지는 그대로 땅으로 처박혀 정신을 잃은 적도 있다고 했다. 잠에서 깨듯 어지러운 정신을 다잡아 보니 뒷바퀴 옆에 모로 누워 있었다고. 한참을 차가운 시멘트 바닥 위에 누워 있었더라고. 그 시간들은 아버지만 아는 것이었다.

아버지가 차를 대 놓은 다리와 가장 가까운 지하철역에 내렸다. 부산의 북쪽 끝, 종착역이었다. 역에서 다리까지는 꽤 걸어야 했다. 얼마 전 아버지가 지갑을 두고 간 날, 택시를 타고 가 본 적이 있었다. 6차선 도로를 육교로 건너갔다. IC로 이어지는 도로 초입에 있는 다리 밑이라 인도가 없는 찻길을 따라 조심스레 걸음을 빨리했다. 십여 분쯤 걸었을까 멀찍이 아버지의 차 머리가 보였다. 차 안이 보이지는 않았지만 느낌만으로도 아버지가 없다는 것을 알 수 있었다.

차는 비어 있었다. 적재함 위도 텅 비었고 차 안에도 적막
이 돌고 있었다. 열쇠 꾸러미에서 열쇠를 하나 골라 운전석 구
멍에 밀어 넣었다. 단번에 잠금쇠가 돌아갔다. 아버지가 왔다
간 흔적은 없었다. 운전석 뒤쪽 간이침대도 텅 비었다. 그대로
문을 닫으려다, 발판을 딛고 운전석으로 올랐다. 엉덩이 모양
으로 움푹 꺼진 가죽시트가 맨질맨질했다. 운전석에 앉아 안
을 살폈다. 쓰레기며 공구며 구분할 수 없는 잡다한 것들이 비
슷하게 때가 타 있었다. 종이들을 정리하려다 그대로 두었다.
모든 것들은 아버지만의 규칙에 따라 제 자리에 있는 것일 터
였고 내가 함부로 손대는 것이 정리일 순 없었다. 종이 뭉치 속
에서 생소한 글자가 보였다. 세금 계산서를 비스듬히 접은 뒷
면에 '흰'이라는 단어가 적혀 있었다. 흰색, 도 아니고 흰, 이라
니. 흰 면이라 낙서처럼 적어 넣은 흰, 인가 하다가 아차, 싶게
무언가가 뇌리를 강타했다. 아버지의 행방에 관련된 것은 분
명히 아니었다.

며칠 전의 낯선 통화가 불쑥 떠올랐다. 처음 듣는 아버지
의 주저하는 듯한 목소리, 더듬더듬 확신 없는 말투. 여느 때와
다를 것 없는 하루의 안부를 묻고 전하는 통화였다. 장난스럽
게 어디시오, 하면 아버지는 어데믄 와, 말하믄 니가 어덴지 아
나, 하고 둘이서 킬킬 웃었다. 엄마는, 묻길래 씻는다, 했고 얼

른 저녁 무렵, 하는 말로 통화가 끝나나 싶었다. 그 머고, 하며 뜸을 들이는 아버지의 목소리가 이어지자 귀를 기울였다. 뭔가 전할 말이 있는가 싶었다. 아버지는 대뜸 요새 그 책이 유명하다매, 했다. 흰이라든가 뭐라든가, 뭐 상도 받았다카든데 했다. 아버지의 말을 되짚으며 "한강 작가의 흰?" 하고 물었다. 아버지는 그래 맞다, 하며 목소리 톤을 높였다. 나는 전화기를 고쳐 들며 베란다를 서성였다. "아빠가 그걸 우째 아는데, 이번에 새로 나온 소설인데." "라디오에서 나오대. 빨리 밥 무라." 아버지는 서둘러 전화를 끊었다. 그때 나는 창밖을 내다보며 한참 서 있었다. 처음 말을 배운 사람처럼 흰, 이라고 발음하는 아버지의 음성이 맴돌았다. 흰이라니. 강 너머 멀리서 온갖 불빛들이 조글조글 빛났다. 화물차의 헤드라이트 같은 것들이.

세금 명세서 뒷면에 적힌 '흰'은 분명히 아버지의 글씨가 맞았다. 라디오를 들으며 한강 소설가가 맨부커상을 수상했다는 이야기를 들었을 테고 누군지는 모르지만 여하튼 그런 작가의 신작이 나왔다는 이야기가 아버지에게 한 글자의 책 제목과 상을 받았다, 로 간추려져 내게 전해 줄 메모가 되었던 것이다. 흰, 이 적힌 세금 명세서를 반으로 한 번 더 접어 주머니에 넣었다. 흰을 전해 준 아버지에게 나는 어떤 메모를 전해야 할까.

문을 잠그고 차들이 없는 틈을 타 도로를 건넜다. 찻길을 다시 거슬러 올라 지하철역 쪽으로 향했다. 지하철역과 육교가 먼발치에서 나타나자 아까 건너올 땐 보지 못했던 요란한 트럭 한 대가 갓길에 세워져 있었다. 옆구리가 터진 흰 트럭에는 커피, 녹차, 가 적힌 메뉴판과 함께 요상한 간판이 붙어 있었다. '길가다방'. 아버지에게서 귀가 닳도록 들었던 그 유명한 길가다방이었다. 길가에 있는 간이 카페를 기사들이 편의상 그렇게 부르는 것이 아니라, 진짜 길가다방이라는 이름을 달고 있었다.

조그만 트럭이었지만 종류는 알찼다. 커피, 녹차, 매실차, 팥빙수, 컵라면, 토스트, 구운 계란, 온갖 견과며 과자들도 있었다. 일반 손님들이 아니라 기사들만을 위한 길가다방이었다. 차가 없이는 쉬이 올 수 없는 길가에 멀거니 세워 놓은 길가다방은 꽤 큰 공터를 끼고 있었고, 조촐하게 플라스틱 테이블 한 개와 의자도 몇 개 가져다 놓았다. 아버지는 종종 일요일 아침 밥상 대신 길가다방표 토스트를 가족 수대로 사 오기도 했다. 종종 썬 양배추에 계란물을 입혀 구운 프라이를 넣은 뻔한 토스트였는데 우린 그렇게 맛있을 수 없다는 아버지의 장단에 응했다. 길가다방에는 온 동네 기사들이 다 모였다. 화물기사부터 택시기사, 모 국회의원의 운전기사까지 길가다방 앞으로 모여들었다. 마실 거라곤 커피, 녹차, 매실차가 전부인 길가다방은 마실 것들은 조촐해도 꽤나 고급 정보들이 오가는 기사들의 정보 공유지였다. 아버지는 귀갓길엔 정해진 일정처럼 길가다방에 들러 일주일 치 시름을 쏟아내고, 운송 경로나 아파트 시세 같은 것들에 대한 정보를 한 아름 챙겨 왔다.

　나는 천천히 길가다방 앞에 섰다. 쉰은 족히 넘어 보이는 중년의 여자가 풍채 좋게 적재 칸에 올라앉아 있었다. 아가씨 뭐 먹게? 하는 물음에 토스트 한 개를 주문했다. 아버지가 종종 사 오던 길가다방 토스트를 현지에서 먹다니. 군침이 돌았다. 토스트는 순식간에 만들어져 나왔다. 종이에 싼 토스트를 한 입 베어 물었다. 갓 구워진 계란에서 김이 모락모락 올라왔다. 뜨거운 한 입을 입안에서 살살 굴리며 김을 식히고 천천히 씹었다. 따끈하고 달짝지근한 계란 입은 양배추가 아삭하게 씹히고, 바삭한 토스트 겉면이 식감을 보탰다. 아버지의 표현대로 죽여줬다. 모양도 재료도 일요일 아침 막 잠에서 깬 입안에 밀어 넣은 그 토스트와 같은 것임엔 분명한데, 어쩐지 전혀 다른 맛이었다. 뜨거운 김을 잇새로 불어내며 급하게 토스트를 씹어 삼켰다. 길가다방 주인이 천천히 무라, 하면서 차가운 매실차를 종이컵에 따라 건넸다. 매실차와 토스트의 조합은 그야말로 명물이었다. "쥑이준다." 아버지의 목소리가 귀에 쟁쟁했다.

　지하철에 몸을 실었다. 아무런 소득도 없는데 몸이 노곤했다. "아빠 여기 없다. 차에 있더나, 일단 집으로 갈게." 동생에게서 온 메시지였다. 답장하지 않고 휴대폰을 집어넣었다.

두 정거장 만에 집 앞에 다다랐다. 지하철역을 빠져나오니 해가 꽤 기울었다. 아직 맹렬히 타오르고 있었지만 어쩐지 한 김식은 듯 느껴졌다. 상점가를 지나 아파트 단지 쪽으로 들어서는데, 익숙한 실루엣이 저만치 걷고 있었다. 실루엣뿐만이 아니었다. 넓적한 엉덩이, 한쪽을 저는 듯한 엉거주춤한 팔자걸음, 숱 없는 머리, 분명히 아버지였다. 아버지인 건 분명했는데 어쩌면 아버지가 아닐지도 몰랐다. 엉거주춤한 팔자걸음이 향한 곳이 생소했기 때문이었다. 아버지는 검은 봉지를 달랑달랑 흔들며 모텔로 들어갔다.

카운터에는 마흔 중반쯤 되어 보이는 여자가 앉아 있었다. 앞에 서서 머뭇거리는 나를 여자는 새초롬한 눈빛으로 올려다보았다. "좀 전에 들어온 아저씨요, 저희 아버진데… 몇 호실인지 알 수 있을까요." 여자의 눈빛이 더 날카로워졌다. "그런 거 갈챠 주면 안 되는데, 근데 많이 닮긴 했네. 원래 이런 거 함부로 갈챠 주면 안 되는데 하도 닮아가 갈챠 주는 겁니다." "저, 혹시 누구랑 같이 계신가요……." 목소리가 떨렸다. 아니, 혼자 오셨는데. 아버지는 203호실에 있었다.

문 옆에는 초인종이 있었다. 벨 앞에서 한참을 망설였다. 아버지와의 이런 만남은 꿈에서도 상상해 볼 일이 없는 거였다. 조용히 문을 두드렸다. 아빠, 똑똑똑, 아빠, 똑똑… 문 안쪽에서 달카락 손잡이가 돌아가더니 아버지의 얼굴이 튀어나왔다. 아버지의 탁한 눈동자가 흔들리더니 곧 무표정한 얼굴로 돌아왔다. "뭐 할라고 왔는데." 무어라 대답할 말을 찾지 못하고 빤히 아버지의 얼굴만 들여다봤다. 눈가 주름이 검게 패여 있었다. 아버지는 별말 없이 방으로 들어갔다. 문을 닫지 않았고, 나는 그것을 들어와도 된다는 허락으로 받아들였다.

방 안에서는 텔레비전 소리가 요란했다. 일요일 저녁 시간에 하는 예능 프로가 틀어져 있었다. 아버지는 침대 위로 올라가 자연스럽게 하던 일을 마저 했다. 스마트폰에 얼굴을 박고 바둑을 두고, 예능 프로에서 흘러나오는 소리에 뜨문뜨문 웃었다. 테이블 위에는 아버지의 하룻밤 잔해가 널려 있었다. 빈 보름달 빵 봉지와 설탕물이 묻은 페스츄리 빵 한 개가 남아 있고, 맥주 두 캔과 근처 마트에서 산 듯한 먹다 남은 양념 치킨 조각들이 통에 담겨 있었다. 나는 소파에 앉아 멀거니 그것들을 바라봤다. 텔레비전에서 웃음소리가 울리고, 스마트폰에서 아버지의 손끝을 따라 바둑알이 탁탁 놓이는 소리와 대국이 상대편으로 넘어가는 딩동, 같은 소리가 방을 메웠다. 아버지는 바둑판에 눈을 두고 미간을 깊이 쪼이며 심각한 얼굴이었다가, 상대의 대국이 길어지면 텔레비전을 보며 낄낄 웃었다. 침대 위에 편안한 자세로 누운 아버지는 휴양을 온 것 같았다. 나는 목을 가다듬고 아빠, 집에 가요 했다. 아버지는 스마트폰에서 눈을 떼지 않았다. 대답도 건너오지 않았다. "아빠, 집에 가서 밥 먹자." 아버지는 바둑알을 한 개 더 놓았다. 왠지 눈시울이 뜨거워져 고개를 푹 숙였다. 하루 사만 원짜리인 그 누구의 방도 아닌 방에서 빵과 치킨 조각 같은 음식들을 먹다 말고, 아버지는 그 어느 곳에서보다 편안하게 누워 있었다.

뜨거운 것이 눈가로 차오르는데 뭔가가 탁 날아왔다. 발치에 떨어진 것은 까만 비닐봉지였다. 아까 아버지가 달랑달랑 들고 가던 그것인 듯했다. 비닐봉지를 열어 보니 콩떡 두 팩이 들어 있었다. 쉬어 버린, 아버지가 쓰레기통에 처박아 버린, 그것과 같은 콩떡이었다. "떡 무라." 아버지는 내 쪽을 쳐다도 보지 않고 그렇게 말했다. 눈물을 소매로 훔치고 떡 비닐을 뜯었다. 아이 주먹만 한 콩떡을 한 입 베어 우적우적 씹었다. 텁텁한 콩 잔해가 쫀득한 떡에 비벼져 고소했다. 한 개를 모두 삼키고, 다시 한쪽을 베어 물었다. 아무 생각도 차오르지 않았다. 그저 아버지가 떡 무라, 해서 떡을 먹었다. 아버지가 흘끔 이쪽을 건너다봤다. "그거 다 묵고 가라. 쫌만 쉬다 갈끼다." 상대편의 바둑알이 탁 놓였고 누군가가, 어쩌면 언제나 그렇듯 아버지의 패가 결정된 듯한 알림이 울렸다. 아버지는 예이 지미, 하고 새로운 대국을 시작했다. 나는 콩떡 한 팩을 천천히 먹었다. 텔레비전의 웃음소리와 아버지의 바둑알 소리와 떡살이 쪼각쪼각 씹히는 소리를 들으면서 천천히 떡 한 팩을 모두 먹었다. 쉬어 버리기 전에 모두.

누수

* 『작가와사회』 2021년 봄호에 실었던 것을 고쳐 썼다.

현관 중문에서부터 거실 중앙까지 샤워기를 덜 끈 것처럼 물이 쏟아지고 있었다. 천장 벽지는 물을 가득 머금어 늘어졌고 거실 바닥에는 작은 웅덩이가 만들어져 있었다. 다행히 TV장과 소파가 놓인 벽면으로는 번지지 않아 가구들은 교묘하게 물세례를 피했다. 아주머니는 이걸 어쩔 거냐며 눈으로 따졌다. 문 앞을 기웃거리던 앞집 할머니가 기어코 들어와 아주머니 대신 목소리를 높였다.

　　"아이구, 이걸 어짜노. 집을 다 배리 놨네."

　　"죄송합니다. 누수 업체에 연락해 두었어요. 조금 있다가 온다고 하는데……."

　　"이걸 다 어째요. 이래 가꼬는 아무것도 몬 한다."

아주머니는 흥건히 젖은 수건을 대야에 짜내며 우는 소리를 했다. 뭘 어떻게 해 달라는 건지 알 수가 없었다. 엉거주춤 아주머니 옆에 쪼그리고 앉아 같이 수건을 짜내며 죄송합니다, 하고 말했다. 내가 수건 다섯 장을 모두 짤 때까지 아주머니는 아무 말도 없다가 집에 있는 대야란 대야는 모두 꺼내 받쳐 두고 그제야 "아휴 어떻게 좀 해 줘요." 하고 나를 내보냈다. 앞집 할머니는 내가 계단을 올라갈 때까지 복도에 서서 쯧쯧 혀를 찼다.

봄이 성큼 다가온 게 느껴지는 포근한 아침이었다. 아파트 단지 안에 심어 놓은 목련 나무에는 꽃 몽우리가 쏙쏙 박혀 있었다. 아파트는 텅 빈 듯 고요하고 경비원이 비질하는 게 내려다보였다. 상쾌한 기분으로 어제 막 택배로 도착한 원두를 커피 머신에 내렸다. 고소한 커피 냄새가 집안 가득 번졌다. 이사 오기 전 살던 동네의 가장 좋아하던 카페에서 로스팅한 원두였다. 부산으로 내려온 뒤 다른 건 다 그러려니 하고 참을 수 있어도 그 카페에 못 가게 된 것은 못 견디게 아쉬웠다. 덴마크산 안락의자와 조명, 영국산 원목 테이블과 디자인 관련 책들로 꾸며진 서가, 감각적인 그림 액자들. 공간을 채우던 잔잔한 음악까지. 브랜드 마케터 출신의 사장이 직접 인테리어를 해서 유명한 곳이었다. 더욱이 귀한 디자인 서적들을 구비해 두어서 각계 디자이너들이 작업실처럼 드나들었다. 출판사에 다니다가 프리랜서 편집자로 전향한 뒤 카페는 자연스레 내 작업실이 되었다. 늦은 아침 카페에서 브런치를 먹으며 원고를 교정하고 저녁 늦게 집으로 돌아오던 일상을 보냈다. 평일 오전 내 작업실처럼 전세 내고 쓰던 그 시간이 생각만 해도 너무 그리웠다. 커피 냄새를 맡자 북유럽의 서재 같던 그 공간이 선연히 그려졌다.

뜨거운 커피를 한 모금 마셨을 때 느닷없는 초인종이 울렸다.

"계십니까. 관리소에서 나왔습니다."

문 앞에는 푸른 점퍼를 입은 남자 두 명이 서 있었다. 남자들은 내가 묻기도 전에 다급하게 용건을 말했다.

"지금 이 집에서 누수가 났어요. 물 샌 지 한참 됐어요. 지하실 바닥이 흥건합니다. 아마 아랫집도 지금 장난 아닐 겁니다. 출근했는지 아무도 없던데, 일단 여기로 전화해서 사람 부르세요."

상황을 이해하기도 전에 관리소 직원이 메모지 한 장을 건넸다. '대영누수 010-XXXX-XXXX.'

"저희 집에서 물이 샌다고요? 아무 이상이 없는데요."

"당연히 이 집에서는 모르지요. 물은 아래로 새니까. 지하실에 물이 새고 있어서 꼭대기 층부터 확인해 보니까 이 집 계량기가 막 돌아가고 있다 아입니까. 일단 밸브는 잠가 놨으니까 빨리 업체에 사람 부르세요. 아랫집에도 나중에 내려가 보시고요."

묘하게 명령조인 듯한 남자의 말투가 거슬렸다. 아니, 아무것도 한 게 없는데 누수가 났으니 책임을 지라고? 그게 어째서 내게 책임이 있다는 건가? 이사 온 지 겨우 일 년 된 내게 무슨 잘못이 있다는 건지 이해할 수가 없었다.

메모지에 적힌 번호로 전화를 걸었다. 신호음이 길게 이어지더니 웬 여자가 전화를 받았다.

"예~ 여보세요."

"대영누수 아닌가요?"

"예 맞심니더. 어디신데예?"

"아, 여기 새한아파트 305동인데요."

"305동? 언제 공사했는데예?"

"네? 그게 아니라, 지금 누수가 나서요."

"아~ 잠시만예. 대영이 아빠, 305동 지금 누수 났단다. 전화 받아 보소."

전화기 너머로 시끄러운 소리가 이어지더니 중년 남자가 전화를 넘겨받았다. 남자는 "좀 이따 가겠심더." 하고는 짧은 통화를 막무가내로 마쳤다. 좀 있다가라니. 몇 시까지 온다는 것도 아니고 좀 있다가 온다는 게 정확히 언제를 말하는 건가. 다시 전화를 해 볼까 하다가 바쁜 것 같아 기다려 보기로 했다.

관리소 직원의 말대로라면 이 집 바닥에 깔린 배관 어딘가가 터졌고 내가 모르는 사이 많은 물이 밑으로 샜다. 어쨌거나 내가 당장 할 수 있는 일은 없었다. 아랫집 상황을 보기 전까지는 상황이 얼마나 심각한지 체감할 수가 없었다.

결혼과 함께 이 집으로 이사 온 지 일 년 조금 넘었다. 남편과는 서울에서 만났지만 둘 다 부산 출신이었고 자연스레 결혼 생활을 부산에서 하기로 정했다. 서울로 올라간 지 5~6년쯤 되었을 무렵이었고 우리는 8평 원룸과 13평 오피스텔에서 각각 생활하고 있었다. 혼자라면 어떻게든 그런 생활을 이어 갈 수 있었겠지만 가족을 이룬다고 생각하자 우리는 누가 먼저랄 것도 없이 좀 더 심리적으로 안정적인 곳을 원했다. 당장에 아기를 가질 생각은 없었지만 남편도 나도 딩크족을 선언할 만큼 삶에 대해 확고한 신념을 가진 사람들이 아니었다. 막연하게 언젠가는 아기가 생기겠지 싶었다. 아직은 그저 우리만의 아늑한 공간과 자유로운 시간을 원할 뿐이었다. 마침 내가 프리랜서로 전향하면서 막연하게 생각하던 부산행은 결심이 되었다. 정유 회사에 다니던 남편은 다행히 회사의 부산 지사로 자원해서 어렵지 않게 발령을 받았다. 남편도 나도 서울 생활에 더 이상 미련이 없었다.

누수 상황을 전해 들은 남편은 태연했다.

"아무래도 오래된 아파트니까 그럴 수도 있겠다. 리모델

링할 때 미처 확인을 못 했네."

지금 상황이 어떤 상황인데. 이 무던한 성격이 이런 순간
에는 오히려 화를 돋운다. 때론 같이 손뼉을 쳐 줘야 기분이 풀
리는 법인데 언제나 자기만 이성적이다. 물론 내 성격을 견디
는 것도 이런 천성 덕분이겠지만 지금 이건 남의 집 얘기가 아
니라고. 답답한 마음에 엄마에게 전화를 해 볼까 아주 잠깐 고
민했지만 괜한 소리를 들을 것 같아 그만두었다. 서울살이를
탐탁찮게 생각하던 엄마와의 신경전은 하루 이틀이 아니어서
부산으로 내려온 것이 어쩐지 자존심 상했다. 더욱이 일부러
엄마 집과 가까운 곳에 살지 않는다는 걸 알아채고는 아직도
마음이 다 안 풀린 것 같았다. 그렇다고 어떤 식으로든 장단을
맞춰 주고 싶지도 않았다. 조금만 호응을 해 주면 엄마는 곧장
이빨을 드러내고 기를 죽이려 들었으니까. 아직도 틈만 나면
이사를 오라고 닦달이라 조금의 여지도 주고 싶지 않았다. 잔
에 고스란히 남아 있는 커피를 한 모금 더 마셨다. 고대하던 커
피였는데. 향은 다 날아가고 차갑게 식은 커피가 맹맹했다.

점심시간이 훌쩍 지나도록 누수 업체는 나타나지 않았다.
이번 주말까지 1차 교정을 봐야 하는 작업이 있어 원고를 펼쳤
지만 글이 눈에 들어오지 않았다. 다시 한번 아랫집에 내려가
봐야 할지 고민이 됐다. 아랫집 아주머니가 관리소 직원과 함
께 찾아와 거칠게 내 팔을 잡아끌며 데려갈 때까지만 해도 불

쑥 들이닥쳐 다그치는 상황이 불쾌했는데 막상 그 광경을 보자 진저리가 쳐졌다. 내 집의 천장에서 그렇게 물이 쏟아진다면, 내가 고심해서 고르고 안정감 있게 배치해 놓은 가구와 집을 흠뻑 적시고 망가뜨린다면 견딜 수 없을 것 같았다.

누수 업체에 다시 전화를 걸었다. 전화를 받은 여자는 마치 처음 통화하는 것처럼 생경한 목소리로 "305동이요?" 하고 명쾌하게 되묻더니 "오전에 전화 드렸잖아요!" 하고 목소리를 높이니까 마치 자기에겐 아무 잘못도 없다는 듯 "대영 아빠~ 아까 전화한 집이라잖아! 언제 갈 건데!" 하고 엉뚱하게 사장을 향해 소리를 쳤다. 황당했지만 어쨌든 관리소에서 추천해 준 업체니까 믿어 볼 수밖에 없었다. 달리 아는 곳도 없었고. 전화를 넘겨받은 사장은 "다섯 시까지 가겠심더." 하고 또 자기 말만 하고는 전화를 끊어 버렸다.

*

문밖에서 우당탕탕하는 소리가 나더니 초인종이 울렸다. "대영누순데요~" 하는 중년 여자의 목소리가 문틈을 비집고 들어왔다.

"물이 샜다고요?"

"네. 아침에 관리소에서 왔다 갔어요. 아랫집도 확인했구요. 물이 많이 샜어요."

"물이 어데쯤에서 떨어지든교?"

"여기 중문에서부터 거실 중앙까지요."

"하~ 그먼 아마 이쯤일 낀데. 함 봅시다."

대영누수의 사장인 듯한 남자가 챙겨 온 장비를 주섬주섬 꺼내 긴 자루를 조립했다. 라디오 같은 기계를 목에 매고 헤드셋까지 끼더니 보일러가 있는 베란다에서부터 자루 끝에 달린 탐지기로 바닥을 훑기 시작했다.

"저게 누수 탐지기라예. 저게 억수로 비싼 깁니더."

"아 네."

"저거 찾아내는 게 진짜 까다롭거든예. 아무나 못 찾아내요. 누수라는 게 진짜 미세하게 그리 나기 때문에 한 번에 찾기가 진짜 힘들어예. 저 사람이 누수 하나는 진짜 잘 찾아요. 아, 우리 남편이라예."

사장이 진지한 표정으로 바닥을 훑는 동안 사모는 묻지도 않은 말을 쉬지 않고 들려주었다. 하나도 궁금하지 않았다. 그저 사장이 누수를 빨리 찾아내길, 그래서 빨리 모든 걸 원상태로 돌려놔 주기만을 바랐다. 사모의 말을 건성으로 들으면서 탐지기를 따라 구석구석을 들여다보고 있는데 사장이 헤드셋을 벗으며 쉰 소리를 냈다.

"키햐~ 난리 났네예. 한두 군데가 아입니더. 이거 싹 갈아

야겠는데."

　사장은 정확하게 구역구역을 짚으며 설명했다. 뒤 베란다 바닥과 싱크대 밑, 화장실까지 미세한 균열이 났다고 했다. 그러더니 문밖에 세워 둔 장비를 가져와 다짜고짜 베란다의 타일을 뜯어내기 시작했다. 아니 아무리 보수 공사라지만 남의 집 바닥을 묻지도 않고 드릴부터 밀어 넣다니. 예상할 수 없는 행동에 뭐라고 따질 새도 없었다. 무슨 말을 했더라도 들리지 않았을 것이다. 시멘트를 뚫는 전동 드릴의 굉음은 무시무시하고 지독했다. 엄청난 소음에도 사모는 표정 변화 없이 공구를 정리했다.

　"사모님~ 여 와 보이소. 여기 물 새고 있는 거 보이지예?"

　타일을 뜯어내고 파헤친 바닥에 호스가 드러나 있었다. 사장이 손가락으로 가리킨 곳에서 정말로 가느다란 물줄기가 올라오고 있었다. 파헤친 자리가 물로 흥건했다.

　"이기 온수 배관이라예. 여 허옇게 부푼 거 보이지예? 뜨신 물 쓰면 호스가 부풀었다가 쪼그라들었다가 그러면서 이래 되거든예. 이거는 부분만 바까 봤자 어차피 또 다른 데 터진다고 봐야 됩니더. 아파트가 오래돼가꼬. 이번에 여 뜯고 다음에 또 뜯고 이라면 일이 장난 아닌 기라예. 뜯는 김에 싹 가는 게 안 좋겠습니꺼."

　단숨에 누수가 난 자리를 찾아낸 건 신기했지만 말투가

어쩐지 믿음이 가지 않았다. 거들먹거리는 태도가 영 못 미더웠지만 어쨌든 사장이 말한 대로 배관이 하얗게 부풀어 있고 정말로 물이 흥건하니까 달리 방도가 없었다.

"공사하는 데 얼마나 걸릴까요? 하루 만에 되나요?"

"하이고~ 사모님예, 이게 여 보일러에서부터 이리이리 싱크대 밑으로 해가 여 화장실로, 또 저짝 현관 옆에 작은방으로 쫙 깔려 있는 기라예. 하루 만에 저얼~대 몬 하지예. 그래도 딴데서 하먼 이거 다 파야 합니데이. 내한테 맡긴 걸 다행으로 아소. 내가 이 일만 30년 아인교. 이거 다 안 파도 연결 부위만 딱딱 파 가꼬 하는 기술을 내가 개발했다 아입니꺼. 3일, 딱 3일이면 됩니데이."

남자는 그 이후로도 집을 떠날 때까지 쉬지 않고 말을 했다. 원래대로라면 가구를 다 옮겨야 하지만 자신의 기술대로하면 그럴 필요가 없다느니, 싱크대 조립도 기술자가 필요하지만 자기가 원래는 싱크대 기술자였다느니 어디까지 믿어야 할지 알 수 없는 말들을 쏟아 내고 사라졌다. 공사는 내일 오전 10시에 시작하기로 했다.

"아이고 죄송합니다. 본의 아니게 피해를 드렸어요. 놀라셨지요."

"으응. 괜찮아요. 뭐 일부러 그런 것도 아인데. 그나저나

이래 가지고 생활을 할 수가 없으니 원."

"내일 공사하기로 했어요. 밸브를 잠가 놔서 더 이상 물은 안 샌다고 그러네요. 여기 좀 마르고 나면 도배해 드릴게요. 죄송합니다."

남편은 샤인머스캣 두 상자를 건네며 고개를 숙였다. 저게 돈이 얼만데. 아랫집 아주머니는 아침과는 딴판인 태도로 남편을 향해 미소를 띠며 괜찮아요, 괜찮아, 했다. 남편은 현관에 서서 한참을 아주머니와 맞장구치며 이야기를 나누었다. 앞집 할머니는 어느새 문을 열고 내다보며 "아이고~ 포도 맛나겠다" 하며 또 끼어들었다. 아주머니와 할머니 사이에 엉거주춤 서서 쓸데없는 이야기가 끝도 없이 길어졌다. 몇 번이나 옆구리를 찔렀지만 눈치가 없는 건지 모른 체하는 건지 공사가 끝나면 식사를 대접하겠다는 소리까지 하고서야 남편은 그 집에서 나왔다.

"아파트 오래된 게 뭐 자랑이야? 말끝마다 아파트가 오래돼서 문제다, 성한 데가 없다… 우리 무슨 일 하는지는 또 뭘 그렇게 물어본대."

"물어볼 수도 있지 뭘. 자기가 집에만 있으니 궁금하셨겠지. 프리랜서라는 게 어떤 건지 잘 모르시니까."

"가만 보면 자기는 이 동네 아줌마들하고 죽이 잘 맞아."

남편은 어깨를 으쓱하며 베란다에 뜯어 놓은 배관을 확인했다. 물웅덩이가 넘칠 듯 말 듯 찰랑찰랑 차 있었다.

대영누수는 정확하게 8시 55분에 장비를 밀고 들어왔다. 대영누수 사장과 사모, 작업복 차림의 인부들이 온갖 기계와 공구들, 희고 단단한 호스 뭉치를 문 앞 좁은 복도에 부려 놓았다. 마침 앞집 가족의 둘째 아들이 추리닝 차림으로 문을 열고 나오다가 호스 뭉치에 발이 걸려 휘청이며 인상을 썼다. 정신없이 복도를 차지한 장비들을 사모 혼자 이리저리 정리하길래 괜히 서성이다가 들어갈 타이밍을 잡지 못하고 함께 치우기 시작했다. 사모는 별로 고마운 기색도 없이 "거 가방 이리 주이소. 그기는 금방 쓸 기라예." 하면서 은근히 일을 시켰다. 털실로 짠 니트 모자를 푹 눌러쓰고 빨간 테 안경을 쓴 사모는 얼굴의 반이 가려 잘 보이지 않는데도 진하게 화장을 하고 있었다. 곁눈질로 살펴보니 화장이 아니라 눈썹과 아이라인 문신을 한 거였다. 두껍게 발라 허옇게 뜬 파우더와 붉은 립스틱을 바른 입술이 촌스러웠지만 어떻게 보면 정스러운 얼굴이기도 했다.

사장은 함께 데려온 기술공들에게 구역들을 설명하고 장비를 옮겨 갔다. 사모가 오늘 아침밥으로 어제 새로 생긴 마트에서 세일해서 산 냉동 피자를 데워 먹고 왔다는, 또 묻지도 않은 이야기를 늘어놓고 있는데 소란스러운 소리가 나기 시작했다. 믿을 수 없는 광경이 벌어지고 있었다. 언제 시작했는지 인부들이 말도 없이 냉장고를 들어내고, 서재로 꾸며 놓은 작은방의 테이블과 수납장을 옮기고, 싱크대 밑 서랍장을 분해하고 있었다. 미처 치워 놓지 못한 물건들이 이리저리 뒹굴었다. 사장은 어제와 마찬가지로 사전 설명은 일절 없이 남의 집 살림을 마구잡이로 해체하고 있었다. 작은방에서는 펜꽂이가 넘어지면서 필기구가 나뒹굴고 주방에서는 식용유와 간장, 참기름과 소스통들이 맨몸으로 쫓겨난 야생동물처럼 갈 곳을 잃고 쏟아져 나왔다. 그야말로 무방비로 집이 헐리고 있었다.

장판까지 쫙쫙 뜯어낸 사장과 인부들이 전동 드릴로 시멘트를 부수기 시작했다. 마구잡이로 들어낸 싱크대 밑 서랍장과 부속품들은 거실에 아무렇게나 쌓여 있고 굉음과 함께 분진이 순식간에 집을 뒤덮었다. 시멘트까지 뜯어내는 공사인데 이렇게 주먹구구식으로 가림막도 하나 없이 진행하는 게 맞는지 의심스러웠다. 가전과 가구들이 공사장에 뒹구는 잔해처럼 빛을 잃고 쫓겨나 있었다. 뭔가 크게 잘못되고 있다는 생각이 들었다. 사장이 어깨 너머에서 자꾸만 기웃거리는 내게 "볼일이라도 보고 오이소." 하고 말했지만 집을 떠날 수가 없었다. 사장과 인부들이 장비를 옮기다가 식탁을 긁거나 무언가를 해체하다가 우당탕탕 소리가 날 때마다 속에서 비명이 터졌다. 잠시도 눈을 뗄 수가 없었다. 잠시라도 눈을 돌렸다간 아무것도 제자리로 되돌려 놓을 수 없을 것 같았다. 자리를 떠나지 못한 채 끝도 없이 이어지는 시멘트 부수는 소리와 뿌옇게 뒤덮은 먼지를 견디고 있으려니 정신을 차릴 수가 없었다.

사모는 소음이 아무렇지도 않은 듯 마대 자루를 들고 다니며 분쇄된 시멘트 조각들을 쓸어 담고 내놓기를 반복했다. 현관에는 마대 자루가 금세 수북이 쌓였다. 아파트를 뒤흔드는 소음에 몇몇 주민들이 고개를 빼꼼 들이밀고 집안을 들여다봤다. 그야말로 공사판이 따로 없었다. 말끔하게 리모델링한 지 일 년밖에 안 된 집이 걸레짝처럼 너덜너덜해지고 있었다. 아귀가 딱딱 잘 맞은 블록들처럼 안정적인 균형을 유지하며 배치되어 있던 가구와 내용물들이 토사물처럼 쏟아져 나왔다. 참담한 심정으로 파손 위험이 큰 소품과 작은 가구들을 구석으로 옮기고 있는데 웬 아주머니가 현관 안까지 들어와 집안을 구석구석 둘러보고 있었다.

"누구세요?"

"무슨 공사하는데요?"

"누수가 나서…… 누구신데요?"

"엄마야, 누수 났어요? 1302호 사는데… 어짜다 누수가 났는데요?"

"뭐, 아파트가 오래돼서 그렇겠죠."

"아이고 아무리 오래된 집이라 케도 누수 안 나는 집은 평생 가도 안 나는데. 진짜 재수 안 좋으면 난다 카든데."

이 아줌마가 지금 무슨 소릴 하는 거지? 그럼 우리 집이 재수가 없어서 누수가 났다는 건가? 황당해서 뭐라고 말도 못하고 섰는데 1302호 여자가 "아이고 집이 난장판이네. 이거 다 우짜노." 하고 걱정인지 약 올리는 건지 모를 소리를 하며 구석구석을 더 둘러보고 사라졌다. 속이 부글부글 끓는데 몸은 얼어붙었다. 나이가 들면 저렇게 다 오지랖이 넓어지고 말을 함부로 하게 되는 걸까. 자기 생각과 감정을 아무 필터 없이 그냥 내뱉는 게 누군가에게는 상처가 된다는 걸 왜 모르는 걸까. 익숙한 얼굴이 떠오르자 오랫동안 꾹꾹 눌러두었던 응어리가 터져 나올 것 같았다.

"하이고, 집 보는 눈도 없다. 이걸 그 돈 주고 샀단 말이가? 남향도 아이고 공간도 이래 좁아 보이는구만."

계약을 완료하고 처음 이 집을 보러 온 엄마는 들어서자마자 그렇게 소리쳤다. 남향은 아니었지만 남동향으로 아침이면 거실 한쪽으로 따뜻한 볕이 들어왔고 내부야 어차피 싹 리모델링을 할 예정이었다. 그나마 앞에 살던 사람들이 이미 샤시를 교체해 둔 덕에 큰 비용을 아낄 수 있었다. 엄마는 집을 제대로 둘러보기도 전에 사람 마음을 후벼 파는 소리부터 했다. 어떤 의도인지 충분히 짐작할 수 있었지만 이미 계약까지 마치고 온 상황에서 굳이 그렇게까지 말할 필요가 뭐가 있느냔 말이다. 남편과 내가 서울 생활을 정리하고 부산으로 내려

오기로 결정했을 때 엄마가 사실 얼마나 반겼는지 모르지 않았다. 당연히 엄마가 살고 있는 동네에 자리를 잡으리라고 생각한 것도. 그때도 엄마는 하나뿐인 딸이 가까이 살게 되어서 좋다는 걸 있는 그대로 표현하지 못하고 "니가 이제 정신을 차렸는갑다. 회사도 때려치우고 서울서 어떻게 사노 했드만. 이제 아도 낳아야 하는데 돈도 좀 모으고 제대로 살아야지." 하고 골나는 소리를 했다. 엄마와 가까이에 살 생각은 결코 없었다. 더욱이 아기라니. 부산으로 내려오는 게 어째서 철든 생각이며 그게 또 왜 임신으로 이어지느냔 말이다. 인생의 과업이 결혼인 것처럼, 결혼의 성과가 출산인 것처럼 말할 때마다 오히려 더 그 굴레에서 벗어나고 싶어진다는 걸 엄마는 이해하지 못했다. 결혼 또한 내 의지와 선택에 의한 결정이었음에도 어쩐지 그 지겨운 패턴에 결국 휘말리고 있는 것 같아 때때마다 그만두고 도망치고 싶었던 걸 엄마는 끝끝내 알지 못할 것이다. "시대가 변했어, 엄마." "지랄도. 시대가 변하면 무조건 너거가 다 맞는 기가?" 하는 말까지 나오면 나는 입을 닫고 자리를 피했다. 그렇게 공전하는 지구와 달처럼 끝까지 우리는 좁혀지지 못한 채 서로를 겉돌 것 같았다.

리모델링까지 마친 집에 와서도 탐탁잖은 얼굴로 둘러보던 엄마가 떠올랐다. 그날 엄마는 끝내 고생했다, 잘했다, 하는 말은 하지 않았다. 대신 꽉꽉 눌러 담은 반찬들과 김치통 가득 담은 미역국, 흰 봉투를 하나 주고 갔다. 봉투 안에는 오만 원과 만 원짜리가 섞인 현금 150만 원이 들어 있었다.

엄마가 돌아간 뒤 나는 한동안 신경질이 나서 아무것도 못 하고 서재에 앉아 있었다. 서재는 내 작업실로 쓰기 위해 가장 공들여서 꾸민 공간이었다. 새로 바른 흰 벽지에 원목 가구들이 아늑하게 공간을 채우고 있었다. 딱 이만큼. 이 작은방의 크기와 비슷한 공간에서 엄마는 평생 반찬을 팔았다. 무생채와 시금치를 무치고 멸치와 어묵을 볶고 콩나물국과 미역국을 한 솥씩 끓였다. 나는 마늘이나 양파를 까거나 반찬을 작은 용기에 소분해서 담는 일을 도왔다. 엄마가 주고 간 가방을 열어 보자 다른 반찬들과 함께 고구마 줄기 볶음이 두 통이나 들어 있었다. 일일이 껍질을 까고 다듬는 게 여간 손이 많이 가는게 아니었다. 고구마 줄기 반찬은 어릴 적부터 내가 가장 좋아하는 음식이었다. 심통한 얼굴로 일일이 고구마 줄기를 까고 반찬들을 만들었을 엄마 얼굴을 떠올리자 괜히 짜증도 나고 왜 그렇게 사는지 이해도 안 갔다.

서울에서 지내는 동안에는 반찬을 잘 먹지 않았다. 집에 다녀갈 때마다 가져간 반찬도 거의 먹지 않고 버리는 일이 반복되자 양손 가득 싸 주는 반찬이 귀찮고 싫어서 잘 내려오지 않았다. 언젠가 온갖 핑계를 갖다 붙이고 엄마를 보러 가지 않은 지 수개월이 됐을 무렵, 묵은 김치부터 각종 반찬이 이바지 음식처럼 한가득 집으로 배송되어 왔다. 당일특급으로 부친 택배비만 해도 큰돈이 들었을 만큼 무게가 상당했다. 안 그래도 좁은 원룸에 작은 냉장고는 냉기도 시원찮은데 빼곡한 반찬들을 보자 질려 버렸다. 국물이 샐까 비닐로 꽁꽁 싸맨 반찬통들을 풀지도 않은 채 냉장고에 꾸역꾸역 테트리스를 하듯 채워 넣었다. 반찬들은 차마 꺼낼 엄두가 안 났다. 냉장고를 열어 보는 것조차 숨이 막혔다. 상대방이 기대하지 않은 호의를 베푸는 것, 과한 배려를 하고는 기대를 품는 것, 나를 숨 막히게 하는 엄마의 주특기였다.

반찬이 냉장고에서 며칠째 방치되어 있던 어느 날, 통화를 하던 끝에 엄마는 심드렁하게 물었다.

"콩나물 무 봤나?"

"콩나물? 응 먹었지. 왜?"

"맛이 안 이상하드나?"

"뭐가? 맛있던데 왜."

"그게 안 이상하드라고? 소금을 넣는다는 기 설탕을 넣었는데."

나는 당황해서 이상한 억양으로 "그래? 나, 난 몰랐는데." 했다. 엄마는 잠시 조용하더니 "그래, 알았다." 하고 전화를 끊었다. 그제야 나는 반찬들을 하나씩 풀어 다시 정리해 넣었다. 콩나물은 첫입에도 맛이 이상했다. 그때 엄마가 보낸 반찬은 결국 며칠 못 가 다 쉬어 버렸다. 원래도 제 기능을 잘 못했던 냉장고는 가득 찬 반찬들을 지켜주지 못했다.

그 뒤로 나에겐 엄마의 반찬을 해치우는 것이 의무가 됐다. 가끔은 먼저 엄마에게 "엄마 소고기뭇국 먹고 싶다." 하며 인사치레도 했다. 어김없이 소고기뭇국은 수일 내로, 온 원룸 사람들을 다 먹여도 될 만큼 보내져 왔다. 그중 반은 남편이 먹었고, 국이 바닥을 드러낼 무렵엔 희고 부연 물만 봐도 헛구역질이 나올 것 같았다. 늘 괜한 말을 한 걸 후회했지만 엄마가 은근하게 "국 어떻드노? 좀 짜제?" 하며 기대하는 목소리로 전화를 해 올 때면 이 굴레를 빠져나갈 수 없다는 걸 깨닫곤 했다. 엄마의 반찬은 엄마가 마음껏 내게 베풀고 우위를 선점하고 있다는 걸 느낄 수 있도록 해 준다고 나는 믿었다. 모녀 사이에 다정한 말 대신, 부드럽게 마음을 표현하는 메시지 대신 우리는 넘치게 해 주고 꾸역꾸역 먹어 치우며 애써 원만한 관계를 유지했다.

여태껏 내가 먹어 온 반찬들이 특별한 음식이었다는 건 결혼한 후에 차츰 깨달아 갔다. 간단한 반찬 한 가지를 하더라도 다듬고 썰고 데치고 볶고 양념해야 하는 부단한 과정이 필요했다. 남편과 둘이 먹는데도 반찬은 금방 동났고 고기 요리를 하거나 생선을 굽는 것보다 반찬을 만드는 건 특히 귀찮은 과정이었다. 누군가의 입맛에 꼭 맞는 반찬을 다채롭게 만든다는 건 정성을 넘어서는 어떤 마음이 담겨 있다는 걸 내 손으로 음식을 하며 알게 됐다. 부산에 내려와서부터 나와 남편은 자주 엄마네에서 반찬을 가져다 먹었다. 나는 그게 엄마와 나를 연결하는 유일하고도 당연한 일이라고 생각했다.

점심시간이 다가오자 남편에게서 연락이 왔다. 공사하시는 분들 식사는 어떻게 하냐고 물었다.

"공사 대금에 식사비도 다 포함되어 있는데 뭐. 알아서들 드시겠지."

"그래도 첫날이잖아. 우리 집 공사해 주는 분들인데 별거 아닌 거 같아도 밥 한 끼 사 주고 안 사 주고는 진짜 다르다 자기야."

누수 공사에 아랫집 도배에 지금 손해가 얼만데. 이 집 다 상한 건 또 어쩔 거냐고. 눈 앞에 펼쳐진 광경을 보자 정말 식사 따위 먹든지 말든지 입도 안 떨어졌다.

"저… 식사는 어떻게 하세요."

"뭐라고예?"

"밥이요, 밥. 짜장면이라도 시켜 드릴까요?"

"아~ 잠시만예. 대영이 아빠! 사모님이 밥 시켜 준다네!"

"니가 알아서 시키라!"

"니가 머꼬 니가!"

마치 콩트라도 하듯 소음을 뚫고 고성이 오갔다. 다른 사람들은 익숙한 장면인 듯 신경도 쓰지 않고 "일하러 와서 계~속 싸아라." 하고 후렴까지 붙였다. 머리가 지끈거렸다. 어서 빨리 이 상황이 끝났으면 했다.

사모는 힘쓰는 사람들은 밥을 먹어야 한다며 기어이 국밥 다섯 그릇을 시켜 달라고 했다.

"우리 남편은 중국집은 안 먹어예. 입이 까타로와가. 평소에는 우리 둘이 공사 다니니까 나가서 대충 먹고 오면 되는데, 이 집은 공사가 커 가지고 기술자들 다 구해 왔다 아인교. 여온 사람들 다 바쁜 사람들이거든예. 어디 나가 먹기도 그렇고 부탁 좀 할게예."

금방까지 서로를 향해 죽일 듯이 소리를 지르더니 이제는 갑자기 식단을 챙기려 들었다. 근처 국밥집에서는 포장만 되고 배달은 힘들다고 해서 기어이 국밥집까지 픽업을 다녀왔다. 정작 사장은 국밥을 남겼고 사모가 남은 것까지 모두 먹었다.

작업이 다시 시작됐다. 깨고 부수는 건 끝났는지 매립된 배관을 구간구간 끊어 내고 새로운 호스를 잇기 시작했다. 사장과 기술자들이 "양엘보" "장엘보" 하고 말할 때마다 사모가 금속 나사 같은 것들을 종류별로 가져다주고 공구들을 정리했다. 나사를 조였다 풀었다 하며 아귀를 맞추는 지지부진한 작업이 이어졌다. 조용해진 틈을 타 거실 한쪽에 앉아 교정 원고를 펼쳤다. 한쪽에서는 먼지를 뒤집어쓴 남자들이 부풀고 터진 호스를 빼내고 새로운 호스를 끼워 넣어 딱 맞는 나사로 단단하게 조이는 작업을 이어 나가고, 나는 펜을 든 채 여기저기 잘못 자리 잡은 단어를 골라내고 문장과 문장 사이의 불안정한 균형을 조여 나갔다. 이 작가는 실수인 줄 알았더니 '첫 번째'를 모두 '첫 번 째'라고 써 놨다. 연결고리가 허술해진 '첫' '번' '째'가 물이 새는 것처럼 문장을 힘없게 만들었다.

"사모님 작가예요?"

어느새 곁으로 다가온 사모가 눈을 동그랗게 뜨고 나와 원고를 번갈아 보았다. 언제 소리도 없이 온 건지. 나는 교정 원고를 덮으며 시선을 돌렸다.

"우짠지, 방에 책이 많드라. 엄마야, 작가 처음 봐요. 나도 옛날에 문학소녀였는데. 학교 글짓기 대회 같은 데 나가면 맨날 상 받고. 졸업식 같은 데서 대표로 글 읽는 거 있잖아예. 그런 거 내가 다 썼거든예."

"아, 네."

"나는 소설을 쓰고 싶었거든예. 근데 뭐 그 시절에 대학 갈 형편은 안 되고. 그래도 내가 고등학교까지는 나왔어예. 내가 그때 타이피스트 자격증 1급이었다 아입니꺼. 검찰청 들어가서 그 공문 같은 거 있잖아예, 그런 거 타자 치고 그랬거든예. 나는 영문 타자까지 쳤으예. 영어 치는 타자수는 잘 없었거든요."

품이 넓은 고무줄 바지에 닳아 반들반들해진 비닐 점퍼, 후줄근한 모자 사이로 주름진 눈이 반짝이고 있었다. 말끝마다 "사모님예, 사모님예" 하는 강한 사투리 억양은 어리숙하게 느껴졌고 구박하듯 함부로 말하는 사장에게 끝까지 지지 않고 대거리하는 모습은 억척스러워 보여서 징그러웠다. 그러다가도 돌아서면 금세 비타민 음료나 캔 커피 같은 걸 손수 따다가 사장에게 내미는 모습은 한심하게 보였다. 사모가 소설을 쓰고 검찰청 사무실에 앉아 타자기를 두드리는 모습은 잘 상상되지 않았다. 사모에게 그런 시간이 있었으리라는 건 지금 모습을 더 이해하기 어렵게 만들었다. 공식적인 자리에서 읽히는 단정한 글을 써내고, 투피스 유니폼을 입고 공공기관으로 출근해 영어 타자를 치는 젊은 여자의 모습은 눈앞의 여자와는 무관한 사람인 것 같았다. 사모가 내게 그런 거짓말을 할 이유가 없다는 걸 알면서도 어쩐지 쉽게 믿음이 가지 않았다. 어떤 시간과 세월이 지금의 그녀를 만들었는지 알 수 없었다.

"그런데 지금은 이렇게 고생을 하고 계셔서 어떡해요."

"아이구 무슨, 이거는 고생 아니라예. 이 나이에 어디 가서 일할 데가 있습니꺼. 나는 그래도 우리 남편이 이런 일을 하니까 같이 따라다니면서 일할 수 있지, 제가 어디 가서 일을 하겠어예. 그래도 우리 남편이 한 달에 130만 원씩 꼬박꼬박 주잖아예. 이 나이에 어디 가서 그래 못 벌어예."

사모는 반색하며 손사래를 쳤다. "장엘보 가 온나! 머하노!" 하는 사장의 고성에 구시렁대면서도 사모는 한달음에 달려가 장엘보를 찾아 주었다. 희부연 먼지를 뒤집어쓴 사장과 기술공들 사이를 누비며 필요한 것들을 가져다주는 사모의 발걸음은 경쾌했다. 사장은 방진 마스크를 내리고 재채기를 연거푸 하더니 사모가 나사를 갖다 주자 "밖에 나가가 바람 좀 씨고 온나." 하고 말했다.

*

이른 아침, 집은 더 이상 고요하고 아늑하던 그 모습이 아니었다. 냉장고와 가구들은 뒤틀려 있고 해체된 싱크대 부속들은 거실에 마구잡이로 쌓여 있었다. 조금만 걸어도 발바닥에 잿빛 가루가 묻어났다. 인부들이 종일 호스와 씨름하던 구덩이에는 다행히 더 이상 물이 차오르지 않았다. 하지만 그게 이 모든 걸 괜찮게 해 주진 않았다. 평온하던 일상이 내 의지와 무관하게 파헤쳐졌다.

이 사달이 난 걸 어떻게 알았는지 남편이 출근하자마자 엄마에게서 전화가 왔다. 안 그래도 정신없는데 또 집을 잘못 구했네 어쩌네 사람 속 긁는 소리를 할까 봐 받지 않으려다가 애써 통화 버튼을 눌렀다. 아니나 다를까 엄마는 누수 사고에 대해 묻더니 이미 다 지나간 케케묵은 이야기까지 다시 재생했다. 그러게 그때 여 근처에 그 집을 샀어야지, 그 동네는 애 키우기가 안 좋다, 국숫집 딸래미는 애를 벌써 유치원에 보낸다더라……. 이제는 지겹다 못해 내 인내심도 한계에 다다르고 있었다.

"엄마, 내 인생은 내가 알아서 살게. 나는 애 키우는 게 인생의 전부라고 생각 안 해. 엄마가 나 잘 키워준 거 고마운데 나까지 꼭 그렇게 살아야 하는 건 아니잖아. 무조건 아끼고 희생하고, 그게 정답은 아니야 엄마."

"그래 니 잘났다. 니만 똑똑하고 니 말만 다 맞다. 하이고, 니는 니가 인생을 다 안다고 생각하제. 니 눈에는 내가 무식해 보이는지 몰라도, 니 사는 방식이 꼭 다 맞는 건 아이다. 니도 한번 살아 봐라."

엄마는 평소처럼 소리치지도, 욕을 섞지도 않고 싸늘한 목소리로 마지막을 뱉고는 전화를 끊었다. 기운이 다 빠져나간 것처럼 멍했다. 니도 한번 살아 봐라, 하는 목소리만 매섭게 맴돌았다. 엄마가 살아온 세상에서 뭐가 중요했는지 머리로는 충분히 이해했지만 그렇게 살아온 삶이 얼마만큼의 가치가 있는지는 알 수 없었다. 병 든 아버지를 수발하고 하나뿐인 자식만 보며 버텨 온 엄마의 삶은 과연 자신의 것이 맞을까. 그 시간 속에서 엄마는 행복했던 적이 있을까. 엄마의 성실한 삶은 늘 내 어깨 위에 올라앉아 나를 지켜봤다. 멀리 떨어져 있어도 그 그늘로부터 벗어나지 못했다. 내 삶이 누군가의 희생, 울분, 넘치는 사랑으로 빚어졌다는 사실은 큰 부담이 됐다. 나만의 행복을 추구하며 살아가는 동안 알 수 없는 죄책감을 느끼게 되는 것에 숨이 막혔다. 내 삶에 내가 계획하지 않은 무언가가 개입하는 것을 더 이상 견딜 수 없었다.

대영누수는 약속 시간보다 30분이나 늦게 나타났다. 아직 화장실은 손도 대지 않은 상황이었는데 두 사람은 아무 장비도 없이 단출하게 들어섰다. 사장은 어제 시공한 뒤 비누 거품을 발라 두고 간 호스들을 확인했다.

"물 더 안 새지예? 다 깨끗하네. 하루 더 바싹 말리가 덮으면 되겠심더."

"네. 오늘은 다른 분들은 안 오시나 봐요."

"아, 오늘은 공사 안 합니더."

사모가 명랑하게 대꾸하며 현관에서 신발을 꿰신었다.

"왜요? 화장실도 공사하는 거 아닌가요?"

"우리 남편이 몸살이 났어예, 어제 너무 무리를 해가꼬. 원래 우리는 이래 큰 공사는 안 하거든예. 근데 이 양반이 사람이 좋아가 거절을 몬 해가 한 기라예. 이래 큰 공사는 부분 공사하는 거보다 돈도 안 되고 힘도 많이 들고예."

황당했다. 아무렇지 않게 면전에서 머리를 맞은 기분이었다. 못 하겠다고 했으면 다른 업체에 알아봤을 것이다. 공사하는 내내 마음에 들지 않아 수십 번도 더 참았는데 도대체 무슨 소리인가. 거절을 못 해서라니. 내가 하고 싶은 말이었다.

"그렇다고 이렇게 두고 가세요? 그럼 내일만 하면 다 끝나는 건가요?"

"하루 만에 다 몬 하지예. 저 화장실 밴기고 세면대고 다 뜯어내야 하는 기라예. 하루 만에 저얼대 몬 하지예."

이번에는 사장이었다. 너무 당당해서 더 말이 안 나왔다. 사장과 사모는 아예 엘리베이터에 올라탔다.

"내 오늘은 병원 가가 포도당 맞고 좀 쉬가 내일 올게예. 물 새는가 단디 확인하이소. 갑니데이."

엘리베이터는 두 사람을 싣고 내려갔다. 멍하니 닫힌 문을 보고 섰는데 몸이 떨려 왔다. 세상에. 이게 지금 무슨 상황이냐고. 서둘러 엘리베이터 버튼을 눌렀다.

사장과 사모는 아직 떠나지 않고 있었다. 대영누수라고 크게 써진 승합차 앞에서 사장이 담배를 피우고 있었다.

"저기요, 지금 뭐 하시는 거예요? 공사 기한 3일이라고 사장님이 그러셨잖아요. 집을 지금 저 꼴로 만들어 놓고 피곤하다고 공사를 쉰다고요? 이거 계약 위반 아니에요?"

"사모님 그기 아니고, 내가 진짜 몸이 안 좋아가 그래요. 하루만 좀 이해를 해 주소."

"그건 사장님 개인 사정이구요. 그리고 요즘 세상에 공사하는데 방진막도 안 치고 하는 거 처음 봤어요. 온 집에 먼지 쌓인 거 보셨죠? 공구며 기계며 그렇게 막 옮기다가 가구에 흠이라도 가면 다 보상해 주실 건가요? 요즘 세상이 어떤 세상인데 이런 식으로 공사하는 거예요!"

사모는 난감한 표정으로 엉거주춤 서 있고 경비원과 아주머니 몇몇이 상황을 지켜보고 있었다. 사장은 시선을 내리깐 채 내 말이 끝날 때까지 듣고만 있었다. 이해할 수 없는 사람들. 도무지 상식과 교양이라고는 없는 것 같은 사람들. 그들이 지나온 시간을 내가 왜 이해해야 하는가. 왜 그들이 내 일상과 삶을 헤집어 놓는 걸 견뎌야 하느냐고.

"죄송합니더. 사모님 말이 다 맞심니더. 내가 못 배아가꼬 그렇심더. 이해를 해 주소. 내일부터는 제대로 준비해와가 할게예. 오늘은 진짜 좀 쉬어야겠심더. 미안합니더."

사장과 사모가 탄 승합차가 사라지고 숙덕이는 사람들을 지나 집으로 돌아왔다. 현관문을 열자 희미한 분진이 일었다. 긴 터널 속에 갇힌 기분이었다.

다음 날, 대영누수는 새로운 인부 한 명과 함께 9시 정각에 나타났다. 어젯밤 이야기를 전해 들은 남편은 연차를 쓰고 대신 집을 지키겠다고 남았다. 대영누수 사모는 내게 눈인사만 하고 처음으로 아무 말도 늘어놓지 않았다. 사장과 인부가 방진막을 설치하고 화장실 타일을 깨기 시작했다. 아파트를 울리는 소음을 뒤로 하고 교정 원고와 필기구를 챙겨 집을 나섰다. 봄 햇살이 내리쬐는 아파트 단지는 평온했다. 집 안보다 밖이 더 따뜻했다. 경비실 앞에서 아파트를 올려다보았다. 밖에서는 난장판 된 안의 상황이 전혀 보이지 않았다. 베란다 유리창에는 아침 볕이 살랑살랑 어리고 있었다.

이른 낮의 카페는 한산했다. 노트북을 펼쳐 놓은 젊은 사람 두어 명뿐이었다. 카운터에는 처음 보는 중년의 여자가 구석구석을 닦고 있었다. 내 또래의 여자가 운영하는 개인 카페인 걸로 아는데, 사람을 새로 구했나 싶었다. 차분한 인상이었지만 눈가의 주름이 깊었다. 중년의 여자가 주문을 받아 포스기에 입력하는 동안 나는 평소답지 않게 말을 붙였다.

"사장님은 어디 가셨나 봐요."

"아, 우리 딸이랑 아는 사이예요? 병원에 검진받으러 잠깐 갔는데……."

중년 여자가 내려 준 커피를 받아 구석에 자리를 잡았다. 교정 볼 원고를 천천히 읽으며 곁눈질로 여자를 살폈다. 여자는 테이블을 모두 닦고 티슈와 스트로우를 정리하고 카운터 아래 선반에 놓인 수납함을 모두 꺼내 하나씩 살피며 정리했다. 한가한 시간이라 잠시 쉬어도 될 법한데 오랜만에 대청소를 하는 사람처럼 가만히 있질 않았다. 그 광경이 이상하게 자꾸 눈에 밟혔다. 비상벨처럼 필요할 때 달려와 자신이 아는 가장 나은 방식으로 베풀어 주는 사람. 때론 부담스러운 그 마음이 필요하면서도 어떻게 받아들여야 할지 나는 여전히 알지 못했다.

교정 작업을 마치고 돌아오자 화장실 배관이 교체되어 있고 사장과 인부들은 싱크대를 조립하고 있었다. 어제 시공한 부분들은 시멘트로 메꿔져 있었다. 사모는 작은 빗자루로 찌꺼기들을 쓸고 걸레로 닦고 있었다. 집으로 들어서는 나를 보자 "아이구~ 사모님 오셨어예." 하며 언제 그랬냐는 듯 아침과는 대조적으로 살갑게 말을 붙여 왔다. 남편은 사장 옆에 딱 붙어 서서 싱크대 조립하는 걸 유심히 지켜보며 주거니 받거니 이야기를 나누고 있었다.

"그라니께 내가 우리 고객님들 생각해서 이 기술을 배웠다 아인교. 싱크대 조립하는 기술자 출장 부르면 하루에 얼만 줄 아는교? 최하 15만 원이라예. 사실 이거까지는 우리가 할 필요 없거든요. 우리는 누수 공사만 딱 해 주믄 되는 기라예. 배관 갈고 시멘트 덮아 주마 끝이거든예. 근데 내가 옛날에 가구 공장을 다녔어요. 그래가 이런 건 딱 보믄 아니까 해 주는 기지. 싱크대는 아구가 딱 맞아야 하거든. 아무나 할 수 있는 기 아이라."

"아이구, 사장님은 그럼 완전 전문가시겠네요. 사장님 잘 만나서 다행이네요."

"아이고 이기 와 딱 안 맞노. 행님 그 짝 좀 단단히 잡아 보소. 이 집이 내 아는 동생 집이라예. 잘 좀 해 주소."

사장이 과장되게 소리 높여 말했다. 두 사람은 끙끙대며 서랍장을 끼워 맞췄다. 남편이 나를 보더니 눈을 찡긋하며 웃어 보였다. 세 사람이 대화를 나누는 모습이 시트콤의 한 장면처럼 보였다.

"남편분이 사람이 참 좋네예."

사모가 공구들을 가방에 챙겨 넣으며 말했다. 나는 멀뚱히 서 있다가 뒹굴고 있는 나사를 주워 사모에게 건넸다.

"오늘 저녁은 내가 좋아하는 돈가스 정식 먹을라고예. 우리 집 상가에 돈가스집이 있는데 김밥이랑 스파게티랑 돈가스랑 세트로 나오는 정식이 있거든예. 내가 그걸 제일 좋아해요. 일 마치면 나는 그거 포장해 가 먹고 저 사람은 소주에 국밥 시키 묵고요. 그라면 피곤이 싹 가시거든예."

사모는 또 묻지도 않은 이야기를 혼잣말처럼 시작했다. 아무도 묻지 않았는데 시작되는 이야기, 아무도 궁금해하지 않아서 아무렇게나 내뱉는 마음. 어쩐지 사모의 목소리에서 그런 마음이 느껴졌다. 나는 사모 옆에 쪼그리고 앉아 처음으로 "거기가 어딘데요?" 하고 물었다. 사모는 한층 더 상기된 목소리로 돈가스 가게 이름을 알려 주고 아들이 사다 줘서 처음 먹어 봤다고, 아들 이름이 '대영'인데 지금 군대에 가 있다고 했다.

쪼그리고 앉아 공구함을 정리하는 사모를 보며 내가 말했다.

"고생 많으셨어요."

주방에서 남편이 탄성을 내뱉는 소리가 들려왔다. 서랍장 조립을 마친 사장이 능숙하게 서랍을 끼워 넣자 유연하게 미끄러져 들어갔다. 사모가 나를 보며 손을 내밀었다. 휴대폰 화면에는 군복을 입은 젊은 남자와 사장이 함께 웃고 있었다. 사진을 들여다보는 사모의 오른쪽 뺨에 보조개가 살짝 패었다.

방

* 『한국소설』 2021년 3월호에 실었던 「층간소음」을 제목을 바꾸고
  고쳐 썼다.

복도에는 찬 공기가 서려 있었다. 계단을 타고 미미한 바람 소리가 울렸다. 찬기가 몸속으로 훅 들어온 것처럼 어깨가 빳빳해졌다. 1102호의 현관문을 닫고 계단을 내려왔다. 문 안쪽에서는 아무 기척도 나지 않았다. 아파트는 거대한 공동空洞처럼 고요했다.

방으로 돌아와 침대에 누웠다. 이불이 몸을 감싸고 깊은 물 위에 떠 있는 것처럼 귀가 먹먹해졌다. 드디어, 아무 소리도 들리지 않는다. 비로소 나만의 밀실이다. 내게 남은 유일한 방을 침범하던 실체 없는 소리가 사라졌다. 위층의 늙은 남자에게 선사한 침묵이 내게도 허락된 것이다. 이제 영원히 이 평온 속에 있겠다고 생각했다.

눈을 꼭 감았다 떴다. 흰 천장지의 들뜬 부분을 따라 천천히 시선을 옮겼다. 머리맡 천장 모서리에 닿았을 때, 희미한 실금이 보였다. 눈을 게슴츠레 뜨고 천장을 향해 손을 뻗었다. 구석에서부터 실지렁이 같은 크랙이 순식간에 방 전체로 뻗어 나갔다. 방이 조각나기 시작했다.

*

천장을 울리는 진동에 잠에서 깼다. 눈꺼풀을 밀어 올리자 환한 방이 한눈에 들어왔다. 번잡한 꿈을 꾼 것 같았다. 8시 46분. 오랜 습관처럼 스마트폰 시계를 확인했다. 이젠 아무 의미 없는 행동이었지만 여전히 일어나면 가장 먼저 시간을 확인했다. 잠시 그대로 누워 기지개를 켰다. 이 방은 한쪽 벽면의 절반이 창문이라 아침이면 저절로 눈이 떠질 만큼 환했다. 환하고 고요한 아침을 맞이할 때면 이 방으로 돌아오기 위해 많은 시간을 헤매 온 것이 아닌가 하는 생각이 들었다. 소원이 있다면 이 방에서 이대로 계속 지내는 것이다.

이미 잠은 다 달아났지만 잠시 유튜브를 보며 기다렸다. 천장에서는 둔탁한 도구로 무언가를 두드리는 소리가 이어졌다. 시공 소음이라기엔 범위가 작고 소리도 크지 않았다. 작은 도구로 뭔가를 만드는 것 같았다. 머리 바로 위에서 울리는 소음에 조금 불안해졌다. 선명한 소리에 천장이 충분히 단단한 게 맞는지 의심스러웠다. 소음이라면 넌더리가 났다. 허술하게 지은 작은 원룸들은 생활 소음을 차단해 주지 못했고 그 방들에 둘러싸인 방에서 긴 시간 살았다. 반지하의 눅눅한 방에서는 현관문을 쾅쾅 닫는 소리가 방 전체를 흔들었다. 그 방들을 생각하니 오래된 흑백 만화에서처럼 갑자기 천장이 터져 누군가의 공간이 쏟아지는 장면이 떠올랐다.

화장실에서 헤어드라이어 모터 소리가 멎었다. 이내 현관문이 닫히고 도어락 잠금쇠 걸리는 소리가 났다. 이제 집에는 아무도 없다.

믹스 커피를 한 잔 타서 베란다로 나갔다. 한 차례 출근을 치른 아파트 단지가 텅 비었다. 저녁이면 2중으로 꽉 차는 노상 주차장의 차들이 거의 빠져나갔다. 조금 늦은 출근을 하는 사람들이 남은 차를 몰고 나서거나 잰걸음으로 아파트를 벗어나고 있었다. 이렇게 종일 베란다에서 바깥을 구경했다. 10층은 너무 낮지도, 높지도 않아 적당히 내려다보였고 적당히 세세하게 보였다. 멀리서 도시 외곽으로 빠지는 도로에 자동차가 지나다녔고, 동네를 가로지르는 실개천을 따라 산책하는 사람들이 조그맣게 보였다. 모든 풍경은 그 속에 있을 땐 지긋지긋한 일상이었지만 적당히 떨어진 곳에서 적당히 내려다보면 황홀했다. 출근길 지하철 안에서 낯선 사람의 뜨거운 숨이 닿고 팔을 들다가 누군가의 엉덩이를 스치던 느낌이 오래된 데 자뷔처럼 희미하게 떠올랐다. 커피를 홀짝이며 언제까지고 이 정도의 거리에서 살고 싶다고 생각했다. 볕이 잘 드는 곳에서 아무도 미워하지 않으면서 이렇게, 안전하게.

천장의 진동이 갑자기 거세졌다. 9시 40분. 윗집에 누가 산다고 했던가. 아이들 소리는 들은 적이 없으므로 아이가 있는 가정은 아닐 것이다. 천장을 올려다보았다. 시선이 닿는 딱 그 자리, 거실 한가운데에서 소리가 나고 있었다. 일정한 간격을 두고 자잘한 진동과 소음이 전해졌다. 소리의 종류를 가늠해 보았다. 무언가의 아귀를 맞추고, 두드려 끼우고, 나사를 조이는 듯한 진동…… 집에서 가구라도 만드는 걸까? 크지 않은 소리였지만 그렇다고 무시할 수도 없는 진폭의 소리들이 계속됐다. 잠시 소파에 앉아 눈을 감았다.

전염병이 휩쓴 도시에서 얇은 벽으로 둘러싸인 작은 방에 오래 살았다. 마지막으로 지냈던 반지하 방은 겨울 내내 샤시 문 사이로 바람 새는 소리가 났다. 바람이 거센 날이면 문이 덜컹이는 소리에 자다가도 깨곤 했다. 언제라도 누군가 마음만 먹으면 저 얇고 힘없는 문을 부수고 들어올 수 있다고 생각했다. 문 앞을 지나가는 발소리가 갑자기 멈추면 귀가 커졌다. 신경을 곤두세운 채 자고 나면 조금도 개운하지 않았다. 화장실 창문을 열어 놓으면 골목에서 담배 냄새가 흘러들어 왔다.

담배 살 돈도 없는데 벽지에서 담배 찌든 내가 났다. 곰팡이와 냄새가 켜켜이 쌓여 벽지가 회색도 누런색도 아닌 오묘한 색으로 바래졌지만 도배해 달라는 소리는 입 밖으로 낼 수도 없었다. 월세로 야금야금 돌린 보증금이 거의 남아 있지 않아서 당장 나가라고 할까 봐 없는 듯이 조용히 지냈다.

그래도 그 방은 괜찮은 편이었다. 큰 방과 분리된 작은 주방이 있었고, 혼자만의 공간에서 눈치 보지 않고 먹고 쉴 수 있었으니까. 도시로 나가 처음 살았던 창문 없는 고시원 방에서는 어떤 날이면 정말 죽어 있는 게 아닌가 하는 생각도 들었다. 고막은 점점 비대해져 옆방에서 숨 쉬는 소리까지 들리는 듯했고 마찬가지로 옆방에서도 이쪽의 숨소리를 듣고 있다고 느꼈다. 그 좁은 방에 누워 옆방에 들어앉은 이름 모를 얼굴이 돌아눕는 소리를 듣고 있을 때면 거대한 귀만 남은 괴물이 된 것 같았다. 미세한 소리까지 포착해 내는 스스로가 비현실적으로 느껴졌다. 곧게 누우면 머리와 발끝에 닿던 벽의 감촉이 소름처럼 되살아났다. 그 방에서는 잠이 깰 때마다 한 뼘도 늘어나지 않은 손바닥만 한 천장을 보며 매일 놀라곤 했다. 숨을 쉬고 있는데도 숨이 쉬어지지 않는 것 같았다.

집으로 돌아온 지 6개월이 지났다. 발작하듯 잠에서 깨던 습관이 이제 좀 괜찮아졌다. 3년간 맞춰 놓은 알람이 채 울리기도 전에 잠에서 깼다. 늦은 밤 집으로 돌아와 서둘러 잠에 들었다가 허겁지겁 일어났다. 30분 더 일찍 출근하기 위해 1시간 더 일찍 준비했다. 깊게 잠들었다가 제때 깨지 못할지도 모른다는 생각을 잠자는 동안에도 했다. 도시에 병이 퍼지기 전까지는 그런 일상을 조금도 의심해 본 적이 없었다. 끝없이 그런 매일을 보내리라고, 벗어날 수 없으리라고 생각했다.

이 방으로 돌아온 뒤론 조금씩 몸이 이완됐다. 자다가 깨어나 눈을 뜬 채 멍하니 있다 보면 어둠에 잠긴 고요한 방 풍경이 눈에 들어왔다. 나의 손때와 냄새가 밴 익숙한 가구와 물건들에 안도하며 다시 잠들었다. 그때부터 날이 밝을 때까지 두어 시간 동안 가장 깊고 편안하게 잤다. 이젠 이 방만 있으면 모든 것이 괜찮을 것 같았다.

TV를 틀고 라면을 끓였다. 지겹도록 먹은 라면이지만 결코 지겨워지지 않는 게 라면이었다. 싸고 맛있고 배부르고. 이보다 더한 음식이 있을까. 돈이 조금 여유로울 땐 편의점에서 튀겨 파는 싸구려 닭 다리 하나와 라면 두 개를 한 끼에 먹었고 도시를 떠나기 직전엔 라면 한 개로 이틀 동안 먹었다. 면을 반으로 갈라 두 끼로 나눠 먹고 국물은 남겨 두었다가 다음 날 라면 사리를 사와 다시 끓여 먹었다. 그때에 비하면 지금은 아주 호사를 누리는 거라고 생각했다. 김치도 두 종류나 있으니까. 혼자 살다 보면 가장 호사스러운 음식이 김치라는 걸 금방 알게 된다. 김치는 늘 냉장고에 있는 기본 옵션이고 먹어도 그만 안 먹어도 그만이라고 생각했는데, 김치만큼 삶의 질을 높여 주는 게 없었다. 김치만 있으면 다른 반찬이 없어도 한 끼가 해결됐다. 가진 게 없다고 생각할수록 김치는 너무 맛있고 금방 떨어졌다. 소형 냉장고와 세탁기가 옵션으로 있던 원룸에 살 때는 마트에서 몇 번 김치를 사다 먹었다. 이후에는 김치를 돈 주고 사 먹지 않았다. 한 봉지에 한 포기가 든 김치는 삼 일이면 동이 났는데 너무 비쌌다. 점점 작은 방으로 옮겨 가며 김치가 떨어지지 않는 냉장고를 가진 삶이 얼마나 질 높은 삶인지를 깨달았다. 반지하 방에 옵션으로 딸려 있던 냉장고는 효율이 너무 낮아 전기세가 비정상적으로 나왔고 방을 집어삼킬 듯 거대한 소리가 났으므로 보관할 김치가 없는 게 실은 다행이었다.

뉴스를 보며 배추김치를 면발 위에 척 걸쳤다. 뜨거운 김이 모락모락 피어오르는 면발을 입속으로 끝까지 빨아 당겼다. 양념이 진하게 묻은 배춧잎이 아삭아삭 씹혔다. 멍하니 화면을 보며 국물을 들이켰다. 전염병이 지나간 뒤로 뉴스는 뻔한 이야기만 가득했다. 낙엽 떨어지듯 실직한 사람들이 회생하지 못한 채 바닥에 치이고 있다는 내용을 진지하게 보도했지만 늘 반복되는 지겨운 기사일 뿐이었다. 배춧잎 한 장을 더 올려 면발과 함께 씹었다. 실패한 사람들은 살아 있는지 죽었는지 아무도 모른다. 그들이 세상에 모습을 드러내는 순간은 위협이 될 때뿐이었다. 입주를 시작한 빈 아파트에서 시신으로 발견되거나 젊은 노숙인들끼리 붙은 싸움이 살인으로까지 번졌을 때 잠깐씩 등장했다. 나와 마찬가지로 그들은 대부분 IMF를 유년기에 겪은 세대였고 온 세상이 한마음으로 실패를 극복했던 시절과 비교당하며 현재를 대변했다. 전염병은 사람들을 철저히 개인으로 쪼개 놓았고 생명을 지키는 것과 더불어 실패는 각자의 몫이었다. 샤시 문이 흔들리는 반지하 방에서 지내던 1년간 나를 찾아온 이는 아무도 없었다. 모두들 어딘가로 숨어들었고 그대로 영영 사라지길 바랐겠지만 기생충처럼 살아 있다는 것을 나는 알고 있었다. 냄비에 남아 있는 국물을 모두 마셨다.

설거지를 마치고 대학교 입학 선물로 받은 오래된 노트북을 켰다. 모터 도는 소리가 크게 나고 로딩하는데 2분 넘게 걸리지만 아직 돌아갔다. 기계적으로 메일함을 확인했다. 역시 아무것도 수신되지 않았다. 구직 사이트에 접속해서 며칠 전 전송한 이력서 발신 내역을 확인했다. 모두 열람했다. 내 이력서를 열람한 회사들이 올린 공고는 모두 마감되었다. 열람된 이력서 중 누군가는 회사의 문턱을 넘었겠지. 조금 실망스러웠지만 한편으로는 안도했다. 회사의 문턱을 넘는다는 것, 매끈한 대리석과 시멘트로 높이 세운 건물 안으로 들어가 낯선 사람들을 만나고 스스로가 얼마나 쓸모 있는 인간인지를 납득시키고 모든 상황에 유연한 태도를 보이는 것, 모든 게 처음이

지만 마치 두 번째 인생이라도 되는 듯 익숙하고 프로페셔널하게 해내야 한다는 게 두려웠다. 나는 쪼그라들었다. 아니, 원래 내 안에 있는 녀석은 아주 작고 연약했기 때문에 더 이상 강한 척할 자신이 없었다. 다시 그 세계로 뛰어들 수 있을지 자신할 수가 없었다.

천장에서 미세한 기계음이 났다. 전자음 같기도 했다. 아, 복사기가 고장 났을 때 종이가 걸려 버벅거리던 소리 같았다.

"중희 씨, 미안한데 복사기 좀 봐 줄래요? 며칠 전에도 중희 씨가 고쳤다면서? 아휴, 이렇게 오래됐으면 이제 새 걸로 좀 바꿔 주지. 부탁 좀 할게요."

"걱정마세요, 대리님. 복사 다 못 하셨으면 복사집 먼저 다녀올까요?"

그날 양손과 흰 와이셔츠에 잉크를 잔뜩 묻힌 채 오랫동안 복사기를 고쳤다. 최 대리가 복사를 하다가 낀 종이가 한 번에 빠지지 않고 잘게 찢어져 조각난 종이들을 하나씩 뽑아내야 했다. 나서지 말았어야 했는데. 애쓰지 말았어야 했는데. 그 이후 복사기가 고장 나면 사무실의 모든 사람이 서비스 업체가 아니라 나를 찾았다. 마치 복사기를 고치기 위해 사무실에 상주하는 5분 대기조처럼 "중희 씨" 하고 부르는 소리만 들어도 복사기 앞으로 달려가야 했다. 어느샌가 복사기를 연구하는 지경에 이르렀고 고장 나기 전에 미리 점검하고 노즐을 청소했다. 내가 이 사무실에 필요한 사람이라는 걸 증명해 내야 한다고 생각했다. 공공기관의 하청을 받아 진행하는 2년짜리 사업을 위해 고용된 계약직이었지만 정규직 전환의 희망을 놓지 않았다. 50대 초반의 지사장은 회식 자리에서 나를 언제나 자기 바로 옆에 앉게 했고 귀가할 때는 반드시 동행하도록 했으므로 희망을 놓을 수가 없었다. 지사장 또한 그렇게 말했다. 열심히 하라고, 잘하면 좋은 결과가 있을 거라고 택시 안에서 내 어깨에 기대어 그렇게 말했다.

와이셔츠에 묻은 잉크는 아무리 빨아도 지워지지 않았다. 취업 축하 선물로 어머니가 사 준 비싼 셔츠라 버리지는 못하고 대신 그 셔츠를 입은 날에는 종일 재킷을 벗지 못한 채 일했다. 유난히 사무실 공기가 갑갑하던 날, 계약 종료 통지를 받았다. 지사장은 사업 종료로 인한 계약 만료이므로 부당 해고가 아니라고 했다. 사업이 중단됐다고 최 대리가 말했다. 원인이 정확하게 밝혀지지 않은 병이 도시들을 집어삼킨 때였고, 여기저기서 해고당한 사람들이 부당 해고를 막아 달라며 거리로 몰려나올 때였다. 시위는 오래가지 못했다. 이름 있는 중기업들이 풀썩풀썩 무너지고 대기업 간의 인수 합병이 일어나기 시작하자 한낱 개인들을 구제할 여력이 없었다. 전염성이 강한 병이라 한자리에 모이는 것 자체가 불법이 됐다.

사무실에서 책상을 빼고 며칠 뒤, 지푸라기를 잡는 심정으로 지사장과 따로 만났다. 회사와 멀리 떨어진 작은 이자까야에서 지사장은 뜨거운 사케를 마시며 말했다. 조금만 기다리고 있으라고. 힘든 시기가 지나가면 반드시 나를 다시 채용하겠다고, 믿어도 좋다고 지사장은 붉게 칠한 입술로 말했다. "중희 씨 일 잘하는 거 내가 알지. 사업 재개되면 꼭 중희 씨한테 다시 연락할게. 그땐 아마 계약직이 아닐지도 몰라." 그날 밤 지사장의 그 말에 취해 다시 한번 와이셔츠의 소매를 걷어붙이고 마음을 다잡았다. 그땐 희망이 있다고 생각했다.

딱 한 번 시위에 참석한 적이 있었다. 그 밤 이후 지사장은 연락을 받지 않았고 하루하루 목이 탔다. 병은 사라질 것 같지 않았다. 대낮에 거리를 점거한 사람들 속에서 나는 희망을 버렸다. 젊고 건강한 사람들이 간절한 얼굴로 거리에 앉아 있었다. 결코 내게 자리가 돌아오지 않으리라고 생각했다.

침대에 누워 간헐적으로 이어지는 소음에 귀를 기울이다 설핏 잠이 들었다. 눈을 뜨자 방이 푸른 어둠에 잠기고 있었다. 창밖에는 남붉은 하늘 아래로 불빛들이 점등하기 시작했다. 멀리서 실루엣이 사라진 자동차 헤드라이트와 가로등 들이 구분도 없이 반짝였다. 길고 긴 도시의 밤이 밝아오고 있었다.

방문 너머에서 작은 말소리가 들렸다. 거실의 밝은 불빛이 문 틈새로 희미하게 새어 들어왔다. 꼼짝 않고 침대에 누워 어둠에 잠긴 가구들의 윤곽만 눈으로 좇았다. 방문을 똑똑똑

미약하게 두드리는 소리가 났다.

"잠시 나와 봐라."

거실로 나가자 조도 높은 형광등 불빛이 눈을 찔렀다. 키가 작은 아버지는 가까스로 바닥에 발을 딛고 소파 끝에 걸터앉아 있었다. 그 앞에 무릎을 꿇고 앉았다. 아버지 옆에 앉기에는 어색했고 분위기가 어쩐지 그래야 할 것처럼 느껴져서였다. 어머니는 가까이 오지 않고 주방 어귀에 서 있었다.

"곧 공장을 정리할 거다. 네 엄마도 다음 달부터 요양 병원에서 일하기로 했다. 너도 이제 먹고 살길은 알아서 찾아라."

아버지는 부연 설명은 하지 않고 그렇게만 말했다.

마트에서 캐셔로 일하던 어머니는 언제 요양 보호사가 되었을까. 몇 개월 전 마트 계산대가 무인 계산대로 바뀌었다고 아버지에게 말하던 어머니의 목소리를 기억해 냈다. 하지만 어머니는 매일 외출했고 저녁 무렵에야 돌아왔으므로 그 이야기는 금방 잊었다. 그사이 어머니는 요양 보호사 자격증을 취득하고 아버지는 폐업을 준비하고 있었던 걸까. 폐업이라기에도 무색한 작은 공장이었다. 평생 자동차 부품 공장에 다니다가 퇴직한 아버지는 부품의 더 작은 부품을 만드는 공장을 차렸다. 직원 한 명과 아버지 둘이서 창고 같은 공장에서 큰돈은 안 되고 일은 많은 그런 일을 했다. 병이 돌기 시작할 무렵 직원이 병에 걸렸다는 이야기를 어머니에게서 전해 들었다. 계약 해지를 당한 후 더 작은 방으로 이사했을 무렵이었다. 그 후 공장에는 아버지 혼자 남았다.

6개월 전 시커멓게 마른 채 집으로 돌아온 나를 아버지는 말없이 받아 주었다. 거실에 둘러앉아 전기 불판 위에 삼겹살을 구우며 아버지는 말했다. "괜찮다. 다시 시작할 수 있다." 나는 소주를 삼키며 고개를 끄덕였다. 누구를 향한 말인지 알수 없는 그 말을 되풀이하며 소주잔을 채우던 아버지의 모습이 떠올랐다. 나는 어디에서 다시 시작해야 하는지 알 수 없었다.

소음은 마치 나를 먹이로 노리고 있는 맹수처럼 며칠째 이어졌다. 20분째 지원 동기에서 한 글자도 못 쓰고 있는데 거센 진동음이 났다. 금방이라도 전동 드릴이 천장을 뚫고 내려와 머리 위에 꽂힐 것 같았다. 눈을 질끈 감고 관자놀이를 문질렀다.

현관 앞에 서서 잠시 망설였다. 참 오랜만에 문밖으로 나간다는 생각이 들었다. 꼭 6개월 만이었다. 이 집으로 돌아온 후 한 번도 밖으로 나간 적이 없다는 걸 그제야 깨달았다.

계단을 올라가 1102호의 문 앞에 섰다. 미세한 소음이 들렸다. 현관문 가까이에 귀를 붙였다. 문 안쪽에서 무거운 물체를 끌어 옮기는 듯한 소리가 났다. 띵-동. 초인종 소리가 집안 가득 울렸다.

"……."

소리가 멎었다. 무언가를 끌어 옮기던 소리가 사라졌다. 누군가 있는 게 분명한데 아무 대꾸도 없었다. 다시 한번 초 인종을 눌렀다. 아무도 나타나지 않았다. 당황스러웠다. 따지 려던 게 아닌데, 화를 내려던 게 아닌데 사람을 이렇게 무시하 면…… 묵은 기억이 스멀스멀 뒷덜미를 타고 올라왔다.

"저 옆집인데요, 잠시만 문 좀 열어 주시겠어요?"

"왜, 왜 그러시는데요."

"혹시 정전인가요? 집에 전기가 안 들어와서 그러는데 잠 시만 문을 좀……."

"몰라요! 계속 문 두드리면 신고할 거예요."

옆집에 살던 여자는 나를 문밖에 세워 둔 채 그렇게 소리 쳤다. 늦은 밤, 유명 가수의 행사 무대를 철거하고 돌아온 집 에는 전기가 들어오지 않았다. 땀과 먼지로 범벅된 몸을 씻기 위해 뜨거운 물이 간절했다. 시간이 늦었다는 걸 알았지만 옆 집에도 전기가 들어오는지 아닌지 확인만 된다면 그다음 수를 찾아 보겠다고 생각했다. 하지만 옆집에 사는 20대 후반 정도 로 보이는 여자는, 여름 내내 음식물 쓰레기를 문 앞에다 내놓 아 복도에 역겨운 냄새를 풍기는 정신 나간 그 여자는 문을 열 어주긴커녕 나를 이상한 사람 취급을 하며 엄포를 놓았다. 멍 하니 문 앞에 서 있다가 뭐라고 대꾸도 못 한 채 집으로 돌아왔 다. 땀은 끈적하게 말라붙었고 고개를 돌릴 때마다 먼지와 땀이 버무려져 만든 쉰내가 풍겼다. 그날 차가운 물에 대충 몸을 씻고 맨바닥에서 잠을 잤다.

1102호의 문 앞에서 그 여자의 앙칼진 목소리가 들리는 듯했다. 이번엔 대답조차 없는 문을 바라보며 순간 알 수 없는 화가 치밀었다.

"씨발, 적당히 좀 해! 시끄러워서 살 수가 없다고! 집구석에서 뭔 지랄을 하는 거야!"

1101호에서 아주머니가 놀란 눈으로 문을 열고 나왔다. 다급히 계단을 뛰어 내려왔다. 현관문 비밀번호를 두 번 틀린 후 문을 열고 집으로 들어왔다. 심장이 빠르게 뛰었다.

시간이 얼마나 지난 건지 알 수 없었다. 날이 밝았다가 어둠이 찾아오길 여러 번 반복한 것 같았다. 그러는 동안 침대에 누워만 있었다. 나를 찾는 사람은 아무도 없었고 저녁이면 부모님이 귀가한 소리가 들렸지만 신경 쓰지 않았다. 종일 이불을 뒤집어쓴 채 잠들었다가 깼다가를 반복했다. 잠든 것도 깨어 있는 것도 아닌 몽롱한 상태의 지속이었고 깊게 잠드는 순간은 거의 없었다. 소음은 조금도 사라지지 않았다.

진동이 서서히 이쪽으로, 머리 바로 위로 이동해 왔다. 천천히 한 박자씩. 문득 저 소리가 어떤 메시지를 전하고 있는 게 아닐까 하는 생각이 들었다. 어느샌가부터 그런 말도 안 되는 생각이 들었고 종일 저 소리를 신경 쓰느라 아무것도 할 수가 없었다. 어느 날에는 온 집안의 가구를 몽땅 들어냈다가 다시 끼워 맞추는 것 같은 소리가 났고 어떤 날에는 아주 무거운 물체가 담긴 포대를 종일 질질 끌고 다니는 것 같았다. 어떤 날은 화장실에서만 집중적으로 소리가 났다. 어마어마한 양의 물을 한꺼번에 폭포처럼 쏟아붓는 듯한 소리가 나고 뒤이어 양철 대야 같은 것들을 철수세미로 문지르는 소리가 났다. 어느 집에서 문을 쾅 닫기만 해도 참을 수 없는 분노가 순식간에 몸을 휘감는 걸 느꼈다. 종일 아파트 안에서 나는 알 수 없는 소리들이 점점 더 견디기 힘들어졌다.

연이어 불합격 통지가 날아왔다. 별 감정 없이 불합격 메일들을 확인했다. 답장조차 없는 곳이 더 많았지만 불합격 통지를 받는 것도 그리 유쾌하진 않았다. 수신된 메일들을 모두 삭제했다. 메일함이 비었다. 그다음엔 뭘 해야 할지 알 수 없었다.

스마트폰 화면에 불빛이 반짝였다. 아주 오랜만에 무언가가 수신됐다. 연락할 사람이 없는데. 친구들도 각자 어떻게 사는지 몰랐다. 서로의 안부를 묻는 것도 어느 순간 하지 않았다. 상황이 조금 나아진 녀석들은 살기 바빠서, 그렇지 못한 친구들은 계속해서 안 좋아지느라 그럴 시간이 없었다. 나는 후자였다.

「9시 30분. OO미술관 작품 운송 가능하신 분 선착순.」

정말 오랜만에 받아보는 강 사장의 문자였다. 수신된 문자와 번호를 한참 동안 쳐다봤다. 저 문자를 따라 이른 아침 도시 곳곳으로 물건을 운송하고, 깊은 밤 행사장을 세팅하고 철거하러 다녔다. 회사와의 연결고리가 모두 끊어진 뒤, 뭐든 당장에 할 수 있는 일들을 했다. 젊고 건강한 몸으로 할 수 있는 일들이 도시에는 있었다. 미술품을 옮기거나 조명을 설치하고 무대를 철거하는 일은 큰 기술이 없어도 몇 번만 해 보면 할 수 있는 것들이었다. 그렇게 몇 차례 일을 나가다 보니 자주 보이는 얼굴들이 있었고, 얼마 지나지 않아 그들처럼 고정적으로 일감을 받는 사람 중 하나가 됐다. 그 시간들이 아득하게 느껴졌다.

"조심하라고 몇 번을 말해! 이게 얼마짜린 줄 알아?"

1억 원. 1억 원을 배상하라고 했다. 이름 있는 중소기업의 사모님이라는 작가는 조곤조곤한 말투로 언성을 높이지도 않고 "배상하면 된다"고 말했다. 목소리를 높인 건 오히려 강 사장이었다. 강 사장의 목소리에 일당 벌이를 하러 온 사람들이 소리를 죽인 채 얼어붙었다. 일은 순식간에 벌어졌다. 강 사장의 지시에 따라 미술품의 높이를 맞추려다 그림 뒤쪽으로 박아 놓은 캔버스가 못에 걸려 찢어진 것이다. 다행히 그림이 그려진 앞면은 무사했지만 10cm가 넘게 찢어졌으므로 상품 가치가 떨어졌다고 사모님은 말했다. 당신들은 잘 모르겠지만 여분의 공백까지도 작품에 포함되는 거라고 사모님은 우아하게 말했고 나는 그날 일당을 받지 못했다. 강 사장은 집안 대대로 표구점을 운영해 온 숙련된 표구사表具師였고 찢어진 그림의 뒷면을 흔적도 없이 복구했다. 강 사장이 사모님을 설득한 덕분에 나는 1억 원을 배상하지 않아도 됐지만 더 이상 강 사장에게서 일거리를 얻을 순 없었다. 아직까지 그 그림의 이름을 잊지 않고 있다. 18K 금박을 입혀 형상화한 작품의 이름은 '초라함'이었다.

그날 이후 나는 차곡차곡 찌그러졌다. 전염병이 한창인 와중에도 사모님의 그림이 완판되었다는 걸 인터넷 기사를 통해 알았다. 사모님 기업의 주가가 오름세를 타고 있는 시기였다. 강 사장이 주는 일감이 아니더라도 수시로 무언가를 설치하거나 철거하는 일이 있었지만 나는 주저앉았다. 단순 철거를 하면서도 작은 실수를 하거나 사소한 타박을 받으면 극도로 긴장했다. 내 의도와는 상관없이, 아니 오히려 전력을 다해 애를 썼는데도 한순간에 감당할 수 없는 일을 당하게 될지도 모른다는 두려움이 잠식했다. 와이셔츠에 잉크를 묻혀 가며 애를 쓰고 어떻게든 살아남기 위해 새벽마다 무언가를 나르고 없던 공간을 만들어 냈지만 그걸 알아주긴커녕 언제라도 가장 먼저 내동댕이쳐질 수 있다는 걸 깨닫자 아무것도 할 수가 없었다. 수중의 돈이 바닥날 때까지 라면과 빵으로 연명하다가 남아 있던 보증금이 마지막 월세로 몽땅 사라진 뒤 부모님의 집으로 내려왔다. 처음 이 방으로 돌아와 생각했다. 왜 진작 오지 않았을까, 왜 더 빨리 포기하지 않았을까. 따뜻한 이부자리에 누워 그런 생각을 했다. 다시는 이 방 밖으로 나가고 싶지 않다고.

둔탁한 무언가가 천장을 툭툭 쳤다. 분명했다. 이건 뭔가를 하는 과정에서 불가피하게 나는 소리가 아니라 바닥을, 내 방의 천장을 두드리는 소리였다. 그러니까 고의로, 아래에 누군가 살고 있다는 걸 잘 알면서 일부러 내는 소음. 타인의 삶 따위는 안중에 없고 개의치 않고 쉽게 망가뜨리는 소리.

인터넷에는 층간소음에 대한 글이 난무했다. 전염병이 회사, 병원, 학교 곳곳을 먹어 치우자 사람들은 각자의 방으로 숨어들었다. 집에 머무르는 시간이 길어지자 사람들은 작은 소리도 큰 위협으로 받아들였다. 층간소음을 성토하는 글의 절반은 소음에 복수하는 방법들이었다. 소리의 공격을 받은 사람들은 두 배 세 배의 소리로 돌려주었다. 아무도 자신의 공간을 누군가와 함께 살아가는 곳으로 여기지 않았다. 피해를 받은 쪽이나 피해를 되갚아 주는 쪽이나 같았다.

고시텔을 벗어나 처음 얻었던 8평 원룸에서 그 사실을 깨달았다. 사람들은 자정에도 세탁기를 돌리고 쓰레기 봉지와 음식물이 묻은 배달 음식 통을 그대로 복도에 내놓았다. 금요일 밤마다 결코 8평 원룸에 모두 수용할 수 없는 사람들이 모여 술판을 벌였다. 창문을 열면 담배 냄새가 스멀스멀 벽을 타고 들어왔다. 깊은 밤에도 완전한 정적은 없었다. 자주 젊은 남녀가 싸우는 소리가 났고 그들은 시간에 개의치 않았다. 낭떠러지로 떨어지는 꿈을 꾸다 옆집인지 윗집인지 어디선가 터져 나온 고성과 욕설에 잠이 깨곤 했다. 조각을 맞추다 보면 그들이 먹는 음식과 듣는 음악, 싸움의 원인까지 알 수 있었다. 그 가운데, 나처럼 웅크리고 사는 사람들이 있었다. 누군가 복도에 내놓은 쓰레기 봉지를 칼로 찢어 놓고 사라졌던 여자. 쓰레기 봉지 속에 고여 있던 날벌레가 현관문을 에워싸며 피어올랐던 장면을 기억하고 있다.

은행과 아버지에게 빌린 보증금으로 마련한 집이었지만 그래도 고시텔에 비하면 삶이 훨씬 나았다. 회사에서 지하철로 1시간 반 거리에 있었지만 돌아가는 길이 행복했다. 그땐 모든 게 견딜 만했다. 착실하게 벌어 나만의 아늑한 공간을 마련하겠다는 꿈도 있었다. 늦은 밤에 시끄러운 소리를 내지 않고 현관 앞과 복도를 청결하게 유지하는 이웃이 있는 집을 갖고 싶었다. 계약이 끝나면 조금 더 넓고 조금 더 조용한 그런 방을 구하겠다고 다짐했었다. 그 다짐이 오래된 이야기처럼 희미해졌다. 이젠 천장을 두드리는 저 작은 소리도 참을 수가 없다.

날이 밝았다. 긴 시간이 흐른 것 같았다. 오늘이 무슨 요일이더라. 한참 생각했다. 잠들지 못하는 밤이 이어졌고 깨어 있는 시간에도 몽롱했다. 도대체 저 소리는 뭘까. 끊임없이 소리가 이어지지만 도무지 생명이 느껴지지 않는 저 소리들은.

「위층에 괴물이 산다」

1년 전 한 인터넷 커뮤니티에 업로드된 글이었다. 조회수에 비해 댓글이 없었다. '취준생이던 시절에 겪은 이야기'라는 문장으로 시작한 글은 꽤 길었다. 몇 개의 댓글은 가벼운 조롱의 글이었고 또 몇몇은 진지하게 신고를 권하거나 글쓴이의 정신 상태를 염려하기도 했다.

'수시로 무언가 쿵 하고 떨어지는 소리와 함께 비명 소리가 났다.' 그 글을 한 글자씩 천천히 읽어 내려갔다. 글쓴이는 덩치가 거대한 누군가 계단을 올라가는 걸 목격했고 얼마 전 동네에서 일어난 실종 사건이 그 소리와 연관되어 있을 거라는 생각이 머릿속을 집어삼켰다고 했다. 구도심에 있는 작고 오래된 원룸이었고 매일 같이 이어지는 소음에 그대로 있다가는 미칠 것 같았다고, 참을 수 없었다고 글쓴이는 길게 썼다.

어쩐지 그 '괴물'이란 게 비유가 아닐지도 모른다는 생각이 들었다. 그가 정말로 위층에 괴물이 산다고 믿고 있는 게 글에서 느껴졌다. 글쓴이가 살았던 동네와 그 시기의 뉴스를 검색했다. 그가 말한 대로 그 동네에서 미제의 실종 사건이 있었는지 이 일의 결말이 어떻게 되었는지 알고 싶었다. 10페이지에 달하는 인터넷 기사를 살펴보았지만 1년여 전 그 동네에서 실종 사건 같은 건 없었다. 다만 그 무렵에 폭력 사건 하나가 있었다. 지상파 뉴스에도 보도된 꽤 시사성 있는 사건이었다. 층간소음 문제로 A씨가 윗집에 사는 40대 중년 남성을 폭행한 일이었다. A씨는 준비해 간 도구로 남성의 머리를 수차례 내려쳤다고 했다. 층간소음 문제의 심각성을 알려 주는 사건이었지만 그 외에도 특이한 점이 하나 더 있었다. 폭행당한 남성은 200kg이 넘는 거구로 그가 살고 있던 집에는 온갖 쓰레기와 잡동사니가 빼곡하게 쌓여 있었는데, 쓰레기 더미에 묻혀 있던 싱글용 매트리스 위에서 남성의 노모가 의식을 잃은 채 발견된 것이다. 전염병이 왕성한 시기였다.

글쓴이가 기사 속 A씨인지는 알 수 없었다. 다만 서서히 머릿속이 정리되는 기분이 들었다. 어떤 갈림길에 서 있다는 생각. 내 앞에 펼쳐진 길이 어디로 향하게 될지 그려지는 것 같았다. 결정을 내려야 했다. 괴물이 되기 전에. 소음에 잡아먹혀 버리기 전에.

"꼴이 그게 뭐냐."

지글지글 타오르는 삼겹살을 앞에 두고 아버지는 인상을 찌푸렸다. 아버지가 덥수룩한 머리카락과 수염을 차례로 훑었다.

"윗집에 누가 살아요?"

"누가 사냐니."

"아이가 있는 가족이라든지, 젊은 부부라든지……."

"너 정말 뭐가 문제냐."

아버지가 집게를 던지듯이 내려놓았다. 어머니가 떨리는 목소리로 말했다.

"중희야 너 왜 그래."

"소리가, 밤마다 소리가 나서…… 견딜 수가 없어서요."

"방구석에만 처박혀 있더니 정신이 나간 거냐?"

아버지의 얼굴이 붉어졌다. 어머니가 무슨 말을 하려다가 입을 다물고 고개를 돌렸다. 불판 위에서 삼겹살 기름이 타닥타닥 소리를 내며 튀었다. 그날 밤 오랫동안 잠들지 못했다.

한낮의 아파트는 기이할 정도로 잠잠했다. 오직 내 방 천장을 울리는 소리만 금방이라도 실체를 드러낼 것 같았다. 나도 모르게 주먹을 꽉 쥐었다. 어떻게든 끝을 보겠다고 생각했다. 이대로는 더 이상 버틸 수 없을 것 같았다. 안전하다고 믿은 유일한 방이 뒤틀려 버렸다. 이제 물러설 곳이 없었다.

1102호 앞에 섰다. 이번에도 문을 열어 주지 않는다면, 어떤 선택을 해야 할까. 초인종 소리가 문 안쪽에서 선명하게 울렸다. 문은 열리지 않았다. 다시 한번 벨을 눌렀다. 미동 없는 문 앞에 서서 손에 쥔 물건을 꽉 쥐었다. 손잡이를 돌리려는 찰나, 잠금쇠 풀리는 소리와 함께 문이 미끄러지듯 열렸다. 문 너머에 누군가 서 있었다. 한 손에 도자기 화병을 움켜쥔 남자가 나를 마주 보았다. 나와 똑같은 얼굴을 한, 노인이었다. 몸속에서 숨이 훅 빠져나갔다. 조용히 현관문으로 들어갔다.

구 蚯
인 人

비가 그쳤다. 묵은 구름층 사이로 빛이 쏟아졌다. P는 비질을 멈추고 팔을 들어 얼굴을 가렸다. 갑작스런 빛살에 눈을 뜰 수가 없었다. 유리 파편 같이 부서지는 빛이 작업복과 마스크, 장갑을 뚫고 피부 표피까지 곧장 들이치는 느낌이었다. P는 느닷없는 눈부심이라고 생각했다. 수개월 전 비가 내리던 그날처럼. 미처 다 가시지 못한 안개 같은 빗방울들이 빛줄기 속에서 흩날렸다.

P는 출구가 없는 나날들을 떠올렸다. 실금 같은 빗방울은 거세지지 않고, 멈추지도 않았다. 꼬리잡기하듯 줄기차게, 묵은 때를 벗기듯 끈덕지게 물을 쏟아 냈다. 터진 밑을 내버려 둔 하늘은 늘 잿빛이었다. 오전 청소를 마쳐 갈 때쯤 시멘트 바닥을

점점이 수놓기 시작하던 빗방울들을 보며 P는 그저 비를 맞으며 시작해야 하는 오후 청소를 생각했었다. 빗물에 젖은 쓰레기들이 길거리에 흡착되어 있을 터였고 그건 번거로운 일이니까. P는 그런 생각을 하며 편의점에서 뜨거운 컵라면과 삼각 김밥을 먹고 점점 어두워지는 거리를 보다가 가판대에 접혀 있는 신문을 눈으로 읽다가 했다. 배출가스를 조작한 자동차 회사에 관한 기사와 전년 대비 온실가스 초과 배출 과징금이 인상됐다는 기사를 멍하니 읽었다. 빗줄기가 조금씩 거세졌다. 기약 없이 늘어질 퇴근 시간을 생각하며 P는 눈을 감았다.

비 내리는 오후가 수개월간 이어졌다. 예보되지 않은 장마였다. 연일 역대 강수량을 갱신하고 매일매일이 장마의 신기록이었다. 세상은 온통 회색이었다. 밤이면 검정에 가까운 회색이었고, 낮이면 흰색에 가까운 회색이 되었다. 회색에는 경계가 없었다. 시작과 끝이 없는, 빛에서 어둠의 통로 속에서 끝나지 않는 하루하루를 보냈다. 멈추지 않는 빗소리가 세상의 경계를 지워 버렸다. 이명처럼 실내에서도 빗소리가 들렸다. 멈추지 않는 비를 맞으며 P는 짙은 밤에 거리로 나와 뿌연 밤에 청소를 마쳤다. 끝없는 회색 거리를 걸으며 늘 팽팽하던 삶이 물렁해져 가고 있다고 생각했다.

P는 느닷없는 빛살을 맞으며 거리에 아무렇게나 버려진 종이 박스들을 지정된 수거 위치로 모았다. 박스를 들어 올리

자 물기를 머금은 두꺼운 박스는 제 형태를 유지하지 못하고 흐느적거렸다. 오랫동안 거리의 모든 것들은 늘 젖어 있었다. 젖은 박스들은 재활용할 수 없었고 폐지를 줍는 노인들이 빈손으로 부슬비를 맞으며 편의점을 기웃대는 걸 P는 여러 번 봤다. 개중에 몇몇 아르바이트생이 차곡차곡 접어 창고에 모아 두었던 빈 박스들을 내어 주는 것도. P는 그런 광경을 무감하게 보며 이 세상은 쓰레기를 생산하고 쓰레기를 팔고 폐기하는 구조로 이루어져 있는 게 아닐까 생각했다. 볕이 강렬했다. 젖은 박스에서 쿰쿰한 냄새가 훅 끼쳤다. 노란 장화의 발과 다리의 경계면에는 잿빛 물때가 짙었다. 빛이 생기자 갑자기 모든 것이 유난하게 느껴졌다.

비가 그치지 않는 동안 콘크리트로 덮인 땅은 빗물을 흡수시키지 못하고 그저 지하도로 물길을 터 흘려보낼 뿐이었다. 조금씩 계속해서 떨어지는 빗방울들은 폭발하듯 도시를 뒤덮진 않았지만 천천히 정체되고 고여 들었다. 작은 오물들은 물길을 따라 쓸려 갔고, 큰 쓰레기들은 물에 녹아 갈기갈기 흩어졌다. P는 떠다니는 잔해들을 집게로 집어 담고 보도블록에 들러붙은 전단지들을 빗자루를 세워 긁어내듯이 쓸었다. 녹아 흩어진 종잇장들이 가래침처럼 빗자루에 엉겼다. 피지도 못한 채 떨어져 내린 꽃망울들이 시체처럼 길바닥에 눌어붙었다. 나무둥치에는 토사물의 잔해가 옅게 남아 있었다. 빗물이 채 씻어 가지 못한 흔적이 누군가의 밤을 상기시켜 주었다.

사람들은 지쳐 갔다. 어떤 대비랄 것을 할 수 없어서 더 그랬다. 낯빛이 어두워졌고, 우울증의 강도가 심해졌다. 곳곳에서 사고가 일어났다. 감정의 혼란을 겪는 사람들이 자신을, 타인을 공격했다. P는 길거리에서 문득 우산을 내팽개치고 하늘을 향해 욕지거리를 하는 늙은 남자를 본 적이 있었다. 남자는 빗줄기를 맞으며 더 이상 견딜 수 없는 사람처럼 발길질을 하고 몸을 흔들며 욕을 했다. 남자의 발길질에 플라스틱 일회용 컵 하나가 도로 위로 굴러갔고 P는 서둘러 컵을 건져 왔다. 남자는 망연자실해 하다가 다시 우산을 집어 들고 걸어갔다.

멎지 않는 빗속에서 여름의 한가운데가 씻겨 내려갔다. 해수욕장, 계곡, 한철 장사를 노리는 식당들이 텅 비었다. 불어난 물은 위협적이었고, 한가운데를 도륙당한 여름은 습하기만 할 뿐 덥지 않았다. 무엇보다 언제나 물속에 있었으므로 아무도 물에 뛰어들고 싶어 하지 않았다. 노부부가 운영하는 횟집이나 내부 인테리어가 낡은 오리고깃집이 문을 닫았다. 피서객도 등산객도 없는 휴가철이 지나갔다. 도심에서는 재건축 공사를 강행하던 상가에서 자재가 마르지 않아 붕괴 사고가 있었다. 공사장들은 폐쇄된 채 빗속에 잠겼다. 일용직 노동자들은 매일 새벽 인력 사무소에 나갔다가 빈 몸으로 돌아갔다. 검은 곰팡이들에게 잡아먹힌 방 안에서 피부병을 앓는 노인들이 뉴스에 나왔다.

젊은이들 사이에서는 형형색색의 레인 코트와 레인 부츠가 유행 패션이 되었다. 중심가의 술집들은 비를 테마로 영업했다. 'Gloomy Sunday'나 '비처럼 음악처럼' 같은 노래들이 흘러나왔다. 사람들은 우울했고, 일자리를 잃었고, 울화가 치밀었다. 그래서 마시고, 흐트러지고, 뱉어 냈다. 빗물에 퉁퉁 불은 토사물들이 도처에 있었다.

P는 쓰레기를 주워 담은 마대 자루들을 동여매고 정해진 위치에 차곡차곡 쟁였다. 새벽이면 용역 회사에서 나오는 트럭이 자루들을 담아 갈 것이다. 잠시 마스크에서 코를 꺼내 숨을 쉬었다. 어느새 동그란 광원이 머리 위에 떴다. 수분기를 가득 머금은 공기층이 먼 곳의 빛을 빠르게 전달했다. 거리로 나온 사람들이 자꾸만 걸음을 멈추고 하늘을 올려다봤다. 그러고는 눈을 질끈 감은 채 서 있었다. 눈꺼풀을 뚫고 들어와 망막을 찌르는 빛살에 사람들의 몸이 움찔거렸다. 백지장 같은 창백한 낯빛에 눈 밑이 검게 그을린 얼굴들. 모두 숨을 크게 쉰다. 사람들의 흉부가 크게 부풀려졌다가 가라앉았다. P는 빗자루를 리어카 옆에 세워 두고 허리를 폈다. 어느새 할당된 청소 구역의 끝에 다다랐다.

P는 늘 무단 투기가 이루어지는 빌라 틈 사이의 좁은 골목으로 들어가 마스크를 벗고 물을 한 모금 마셨다. 마스크 속

에 고였던 공기가 흩어졌다. 오른쪽 뺨이 축축한 게 만져 보지 않아도 느낄 수 있었다. P는 무의식적으로 손을 대 보려다가 멈췄다. 의사가 늘 당부하던 말이 떠올랐다. 더러운 손으로 만지지 말 것. 연고를 자주 바를 것. P는 그 두 가지는 동시에 지킬 수 없다고 확신했다. 손은 늘 더러웠고 손을 쓰지 않고는 연고를 바를 수 없으니까. P는 마스크를 흔들어 뺨을 말렸다.

P가 숨을 크게 들이마시는데 가까운 곳에서 새된 비명이 터졌다. P는 허겁지겁 마스크를 다시 쓰다가 오른쪽 뺨을 긁었다. 순식간에 고통과 열감이 올랐다. 목덜미에 땀이 돋았다. 마스크를 고쳐 끼고 주위를 살피자 사람들이 웅성거리는 소리가 들려왔다. 골목을 빠져나오니 대로변에 사람들이 모여 있는 게 보였다. P는 천천히, 그림자처럼 사람들이 모여 있는 곳으로 다가갔다. 가로수처럼, 맨홀 뚜껑처럼, 어디에나 존재하는 사물같이 최대한 기척을 죽이고 스며들었다.

P는 누군가 자신의 얼굴을 보고 처음 소리를 질렀던 게 중학교 2학년 때라고 기억하고 있다. "와 씨, 저게 뭐냐?" 새 학기가 시작된 첫날, 처음 보는 녀석들과 한 반이 된 P는 순식간에 찍혔다. 그 목소리는 끝도 없이 P를 따라다녔다. P는 늘 웅크리고 다녔고 그림자처럼 걸었고 없는 것처럼 있었는데 그 목소리는 잘도 P를 찾아냈다. 가만히 앉아 있다가도 시선을 받았고 웃음거리가 되고 놀림감이 됐다. 그 목소리 때문에. 그 목

소리가 수술을 절실하게 만들었다. 계속해서 곪고 있는 이 살덩이는 그 목소리 때문인지도 모른다. P는 욱신거리는 뺨이 마스크를 뚫고 튀어나올 것 같다고 느꼈다.

비명이 한 차례 더 터졌다. P는 발끝에서부터 오도도, 살갗이 오그라드는 것을 느꼈다. 살 파먹는 벌레 같은 땀방울들이 몸의 온 구멍마다 흘러나오는 것 같았다. 와 씨, 저게 뭐야. 남자아이 두 명이 바닥에 달라붙은 물체에 다가갔다. 나뭇가지를 든 손으로 물체를 쿡, 쿡, 찔렀다. 미끈하고 붉은 몸이 살짝, 움직였다. 한 아이가 나뭇가지를 던지며 소리쳤다.

"야 이거 지렁이다, 졸라 큰 지렁이!"

성인 팔뚝만 한 굵기의 기다란 몸이 구불텅, 구불텅 느리게 움직였다. 움츠리고 펴지는 주름 사이사이로 살갗이 팽팽해졌다가 쪼그라들었다. 온 힘을 다해 쥐어짜듯 마디들이 앞으로 앞으로 몸을 옮겼다. 지렁이를 둘러싸고 있던 사람들이 지렁이의 움직임을 따라 물러섰다. 지렁이가 자신을 향해 머리를 돌리자 나뭇가지를 쥐고 있던 남자아이가 팔을 힘껏 휘둘렀다. 작대기질에 붉은 몸이 움찔거렸다. P의 옆에 서 있던 여자가 흡, 숨을 멈췄다. 붉은 몸이 요동칠수록 아이의 힘이 더욱 거세졌다. 마지막 작대기질에 몸이 터졌다. 검붉은 핏물이 아이의 바짓가랑이로 튀었다. 마치 누가 그랬냐는 듯 아이가 샐쭉거리더니 울음을 터뜨렸다. 마그네슘이 모자란 사람처럼 P는 오른쪽 뺨이 옴틀거리는 게 느껴졌다.

P는 뺨에 난 붉은 점을 처음 발견한 날을 기억하고 있다. 화장실에서 손을 씻다가 문득 거울을 보았고 거기서 콩알만 한 붉은 것을 발견했다. 여드름인 줄 알고 엄지손톱으로 꾸욱 짰다. 손톱자국만 선명하게 남고 붉은 반점은 그대로 있었다. 그때 어깻죽지를 스치고 지나가던 불길한 느낌이 여전히 생생했다. 그 대수롭지 않던 아침 이후 자신의 삶이 어떻게 달라졌는지 가끔 파노라마처럼 지나갔다.

지렁이들이 도시를 뒤덮었다. 조금씩, 아주 천천히 기어서. 한 눈에도 선명한 주름들이 팽팽히 펴졌다가 조여들었다. 그뿐이었다. 기다란 몸체를 일으켜 사람들에게 달려들거나 공격하는 일 같은 건 일어나지 않았다. 그런데도 사람과 사람 사이에서 비명이 퍼져 나갔다. 사람들은 잘 흥분했다. 햇살은 따가웠고 낮이면 기온이 끝없이 치솟았다가 밤이면 한기가 돌았다. 알 수 없는 계절을 지나고 있었다. 새벽에는 안개가 도시를 덮었다. 지렁이는 낮이면 그늘을 찾아 버스 정류장과 지붕 밑으로, 공중화장실로, 고가도로 밑으로 천천히 모여들었다. 새벽안개를 먹고 증식하듯 날이 밝으면 더 많은 지렁이가 나타났다. P는 눈에 보이진 않지만 늘 지렁이가 곁에 있다는 걸 알 수 있었다. 오른뺨을 만져 보지 않아도 고름이 차오르는 걸 느낄 수 있는 것처럼. 모두 사람들의 기대 속에 존재하는 것들은 아니었다.

　편의점에서 도시락을 다 먹었을 때쯤 사무실에서 연락이 왔다. M오피스텔 근처 화단에 버려진 검은 비닐봉지에서 악취가 심하게 난다고 민원이 들어왔다는 연락이었다. M오피스텔은 대로변에서 막다른 골목 쪽으로 걷다 보면 중간쯤에 있었다. 가끔 종량제 봉투에 넣지 않은 쓰레기들이 나오는 곳이었다. 검은 비닐봉지에는 먹다 남은 냉동 인스턴트 음식과 과자봉지, 담배꽁초 같은 것들이 들어 있곤 했다. P는 오전 청소 때만 해도 화단이 깨끗했다는 걸 떠올렸다. 그 사이 누군가 부패하는 무언가를 내놓은 모양이었다.

　골목 초입에 들어서자마자 어떤 냄새가 느껴졌다. 정확히 냄새라기보다는 어떤 기운이. 조그만 화단에 놓인 검은 봉투는 작은 마대 자루만 했다. 부피가 꽤 커서 멀리서도 한눈에 알아볼 수 있었다. 가까이 다가갈수록 부드럽고 굴곡진 물체가 빵빵하게 담겨 있다는 걸 알 수 있었다. 순간 끔찍한 상상이 머릿속을 스쳤다. P는 범죄 시사 프로그램을 즐겨 보진 않았지만 미화원이 가끔 발견해선 안 될 어떤 장면의 목격자가 되기도 한다는 건 알고 있었다. 환한 낮이었고 골목은 한적했다. P는 이마에 솟은 땀을 한 손으로 닦았다. 봉투를 풀자 악취가 풍겼다. 물컹한 무언가가 매듭이 풀린 봉투의 틈새로 쏟아졌다. 핏물과 점액질로 뒤범벅된 붉은 살점들이었다. 난도질된 지렁이

사체였다.

시선은 불시에 날아왔다. 처음엔 아무렇지 않게 지나가던 녀석들도 C의 노골적인 반응 이후 P를 가만히 두지 않았다. "저 새끼 얼굴에 페퍼로니 붙이고 다니냐?" C는 꼭 그랬다. P에게 직접 말하지 않고 옆 사람에게, 다른 녀석들의 동조를 얻어 내는 방식으로 괴롭혔다. C와 한 반이 된 이후 교실은 늘 깊은 심해 같았다. 교실 안에서는 숨을 쉬기가 힘들었고 귀가 먹먹했다. 그러다 불현듯 가슴을 옥죄는 목소리가 귀에 박히면 목이 막히고 등줄기에 땀이 맺혔다. P는 아무 반응도 하지 않았다. C 역시 물리적인 폭력을 가하지 않았다. 하지만 늘 목소리가 따라다녔다. 길을 가다 누군가 잠시 쳐다보기만 해도 P는 목소리가 들렸다. P의 존재 자체를 혐오하는 얼굴 없는 목소리가.

지렁이 사체는 곳곳에서, 더 자주 발견됐다. 돌연변이는 사람들을 흥분시켰다. 그 생명력 자체가 어떤 식으로든 호기심을 불러일으켰다. 지렁이 사냥, 해부, 지렁이를 처단하는 열 가지 방법, 같은 영상들이 동영상 공유 서비스에 업로드됐다. 실시간으로 지렁이들이 잘리거나 불태워졌다. 핏물에 옷을 버리지 않도록 우비를 둘러쓰고 마스크와 장화로 무장한 사람들이 영상 속에서 지렁이를 사냥했다. 지렁이 사냥을 보며 폭력적이라고 느끼거나 눈살을 찌푸리며 외면하는 사람들이 있었지만 적극적으로 막아서지는 않았다. 그것들이 사람들을 놀라게 하고 행로를 방해한다는 것에는 모두 동감했다. 어쨌거나 팔뚝만 한 지렁이가 귀여운 강아지나 고양이와는 다른 존재라는 것은 누가 설명하지 않아도 모두 알았다.

빗자루 끝으로 지렁이를 살짝 밀어내며 P는 마대 자루를 쌓았다. 지렁이들을 피해, 지렁이들의 몸을 밀어내며 거리를 청소하는 것은 여간 힘든 것이 아니었다. 하루하루 지날수록 지렁이들은 점점 더 많이 나타났다. 그늘막, 정류장, 가로수 둥치, 화단 속, 다리 밑, 미끄럼틀 아래, 건물 로비까지. 그늘진 곳이라면 어디든 지렁이가 있었다. 도대체 이런 돌연변이들이, 어디서, 어떻게 나타났는지 알 길이 없었다. 점점 늘어 갔고 그저 곳곳에 있었다. 그렇다고 해서 그것들이 익숙해지지는 않았다. 비질을 하다 허리를 잠시 펴면 코앞에 놓인 붉은 몸뚱이를 보고 놀라 고꾸라진 적도 있었다. 모두가 지렁이 사냥을 나서진 않았지만, 누구도 지렁이를 반기지 않았다. 그냥 눈앞에서 사라져 주었으면, 하고 생각한다는 걸 P는 알았다. P도 그렇게 생각했다.

"병원 갈 때 되지 않았니. 엄마 휴무 맞춰 볼게."

화장실 문 너머에서 엄마의 목소리가 들렸다. P는 비닐장갑을 낀 손으로 오른뺨에 연고를 바르다 멈췄다. 불긋불긋하게 팽창한 오른뺨이 연고 탓에 반짝였다. P는 대답하지 않고 연고를 손바닥 위에 죽, 짰다. 어린아이 손바닥만 한 크기로 검붉게 곪은 피부는 광대에서부터 턱까지 펼쳐져 있었다. 몇 시간 전에 먹은 진통제가 효과를 다해 가는지, 연고를 바르는 손가락을 따라 뺨이 욱신거렸다.

화장실에서 나와 P는 진통제를 찾았다. 엄마가 서두르다 찬장 문에 이마를 찧었다. 엄마의 짧은 탄성이 입안으로 삼켜졌다. 엄마는 아랫입술을 깨물고 진통제 통을 꺼내 P에게 내밀었다. 이마 오른편이 발갛게 물들었다. P는 엄마의 이마를 모른 척하고 방으로 들어갔다. 아직 약 기운이 돌지 않는지 뺨이 아렸다. 잠들기엔 이른 시간이지만 그대로 불을 켜지 않고 침대에 누웠다. 어둠 속에서 눈을 뜬 것인지, 감은 것인지 분간이 되지 않았다. 방안에 고요가 내려앉았다.

비상 회의가 열렸다. 흰 가루가 담긴 마대 자루가 미화원들에게 각각 지급됐다. 지렁이는 도시 미관의 문제로 다뤄졌다. 돌연변이였지만 일종의 생명체라는 점이 문젯거리였다. 자연으로 돌려보내야 했지만 돌려보낼 자연이 없었다. 산은 깎여졌고, 깎일 예정에 있었다. 풀숲들은 생태공원이라는 이름으로 인간의 전유물이 되었다. 인터넷을 떠도는 영상들처럼 대학살을 감행하기에는 어쩐지 조심스러웠나 보다. 청소행정과로 지렁을 내려보낸 윗선에서는 그것들이 '살생'이 아니라 '청소'되길 바랐다. 지렁이는 살아 움직이는 생명이 아니라 거리에 나뒹구는 테이크아웃 커피잔으로 다뤄졌다.

P는 나눠 받은 마대 자루를 리어카에 싣고 거리로 나갔다. 마대 자루에 담긴 흰 가루가 무엇인지는 알 수 없지만 대충 수분을 앗아 가는 것과 같은 효과를 낸다고 했다. 지렁이의 몸 위로 흰 가루를 뿌리는 것이 새로운 미화 업무였다.

P는 빗자루로 쓰레기를 쓸고 집게로 폐기물들을 집어 담고, 지렁이를 만나면 흰 가루를 뿌렸다. 흰 가루를 뿌려 둔 지렁이들은 돌아가는 길에 보면 바싹 말라 붉은 거죽만 눌어붙어 있었다. 그러면 집게로 집어 마대 자루에 담고, 재활용되지 않는 다른 폐기물들과 함께 동여매고 쌓았다. 지렁이 사체들은 용역 업체에서 나오는 차량이 실어 갔다. 쓰레기 소각장 한쪽에는 지렁이 사체가 무덤처럼 쌓여 있다고 했다. 지렁이는 청소되고 있었다.

P는 오전 청소를 마친 뒤 편의점에서 도시락을 사 먹고 병원으로 향했다. 병원 정문 앞에서 통화 중인 엄마가 보였다. 전화 통화가 끊기지 않아 P는 한걸음 물러서서 기다렸다.

"고마워요, 재형 씨. 진료 끝나고 전화할게요."

엄마가 희미하게 웃었다. 나이대보다 더 주름진 얼굴이다. 양 뺨으로 떠오른 미소가 주름들 사이에서 어색하게 들떠 있었다. 주름살들을 펴면 매혹적인 얼굴이리라 P는 생각했다. 주름들 때문에 인상이 사나워 보였다. 가까이 다가온 P를 발견한 엄마는 서둘러 전화를 끊었다. 엄마는 전화기를 가방 안에 집어넣으며 얼굴에서 웃음기를 지웠다. 왔어, 밥은 먹었니, 묻는 엄마의 이마 한쪽이 붉게 부어올라 있었다.

대기실 가득 사람들이 미어터졌다. 간호사의 입에서 이름들이 불릴 때마다 사람들은 흠칫흠칫 몸을 떨며 간호사를 쳐다봤다. 사람들의 얼굴이며 팔에는 좁쌀만 한 붉은 점들이 돋아 있었다. 접수를 하자마자 P의 이름이 불렸다.

"고름은 다 뺐습니다. 상태는 괜찮네요, 더 나빠지진 않았어요. 연고 매일 바르지? 다 떨어질 때 되지 않았니."

"아직이요, 남았어요."

담당 의사가 P와 엄마를 말끄러미 쳐다봤다. P의 턱을 손끝으로 잡고 뺨을 살피며 말했다.

"일하는 중간중간에 땀 잘 말리고 있지? 통풍 잘 시켜 줘야 한다. 마스크도 항상 청결하게 하고. 일단 악성으로 진행될 확률은 적어 보인다. 어쩌면 계속 피고름이 차오르는 건 네 세포들이 치열하게 싸우고 있다는 뜻일지도 모르지. 괴사해서 썩는 것보다 어쩌면 이편이 더 다행스러운 건지도 모른다."

담당 의사가 건조한 목소리로 말했다. P는 흰 가운을 입은 전문의의 입에서 나온 말치곤 꽤나 감상에 젖은 말이라고 생각했다. 확실히, 악성 종양이나 괴사 따위의 단어들과 나란히 놓자 피고름 정도는 우스운 증상처럼 보였다. 뺨이 회복되지 않았을 때도 의사는 똑같은 어조로 말했다. 수술은 성공적이었습니다. 원인을 알 수가 없어요, 보통 자기 살은 이식 성공률이 90프로에 가깝거든요. 물론 드물게 합병증이 발생하기도 합니다마는, 다른 병으로 진행되지도 않고 이렇게 살 자체가 계속해서 곪는 건 처음 보는 경우라……

오른뺨 한가운데에 생긴 붉은 점이 오백 원짜리 동전만 하게 커졌을 때 P는 수술을 했다. 반점을 제거하고 허벅지살로 이식하는 수술이었다. 어렵지 않은 수술이라고 했다. 본인의 피부는 부작용이 생길 일이 거의 없다고 했다. 그때 잘라 낸 허벅지 뒤쪽은 이제 살이 모두 찼다. 그래도 손으로 쓸어 보면 어딘가 모르게 움푹한 느낌이 남아 있다. 반점은 제거됐다. 대신 피부가 검붉게 피고름을 짜내며 썩어 갔다. 세 번의 재수술이 이뤄졌다. 양 허벅지 살이 세 번에 걸쳐 잘려 나갔다. 수술과 재입원, 학교를 그만뒀다. 더러운 새끼, 꺼져, 하는 소리가 이명처럼 쫓아다녔다. 얼굴 없는 눈빛들과 소곤거림을 안다. P는 누구보다 잘 알고 있었다.

P는 처방전을 기다리며 엄마와 접수처 옆에 섰다. 사람들이 끊이지 않고 접수를 했다. 벽에 기대선 채 무방비하게 시선을 던져 두고 있는데 갑자기 께름칙한 느낌이 번졌다. 얼굴이 지워진 눈빛들. 사방에서 꽂혔다. 대기실을 가득 메운 사람들이 P의 오른뺨을 훔쳐봤다. P의 뺨을 한 번, 자신의 붉은 반점

들을 한 번. 번갈아 보며 인상을 찌푸렸다. P는 서둘러 주머니에서 마스크를 꺼냈다. 연고가 채 마르지도 않은 뺨 위로 마스크를 덮어씌웠다. 몸서리가 쳐졌다. 잘 아는 눈빛이다.

P는 오후 청소를 위해 구청으로 돌아왔다. 사무실로 가기 위해 로비를 가로지르는데 익숙한 실루엣이 눈에 들어왔다.

"병원 다녀오니."

남자가 미소를 머금고 다정히 물었다. P는 고개를 숙여 인사했다. 마스크를 풀지 않은 채로 네, 하고 대답했다.

"그래. 일은 할 만하고?"

남자는 P의 뺨의 상태에 대해선 더 이상 묻지 않았다. 엄마와 통화를 한 것 같았다. 남자는 언제 엄마와 함께 밥이나 먹자고 말했다. 그러더니 주머니에서 전화기를 꺼내 확인하곤 황급히 인사를 했다. 얼굴엔 당황한 기색이 감춰지지 않았다. 남자가 전화를 받으며 P를 지나쳐 갔다. 어, 여보, 하는 소리가 스쳐가듯 들려왔다. 남자의 아내인 것 같았다. P는 뒤를 돌아 멀어져 가는 남자를 바라봤다. 왜소한 몸체에 머리가 희끗했다. 엄마와 2년째 만남을 이어가고 있는 남자. 구청 공무원인 남자는 P에게 미화원 자리를 마련해 주었다. 엄마는 그 소식을 전하면서 웃지도 반색하지도 못한 채 엉성한 표정을 지었다. P가 남자의 존재를 알게 된 지 한 달 만이었다. 엄마는 연신 P의 표정을 살피며 고마운 일이지, 했다. P는 어떻게 하면 되는데?

물었다. 엄마는 그제야 감추었던 미소를 드러내며 P의 손을 잡았다. 남자에게 가정이 있다는 걸 알게 된 건 그로부터 3개월 뒤였다.

비질을 하며 정해진 구역의 끝에 다다랐다. 쓸고, 담고, 봉지를 여몄다. 리어카를 끌고 걸어온 길을 되돌아 걸었다. 저녁 무렵은 사람과 쓰레기들의 연회다. 쓸어 담은 양의 또 절반만큼이 되돌아가는 길에 나뒹굴고 있다. 먹다 남은 음료가 그대로 들어 있는 플라스틱 컵, 담배꽁초들과 함께 말라비틀어진 지렁이 사체가 수놓아져 있었다. 돌아가는 길이 또다시 엿가락처럼 늘어졌다.

구청 가까이에 다다르자 사위가 조용해졌다. P는 천천히 리어카를 끌며 걸었다. 마지막 청소에서 돌아오는 길은 언제나 고요하고 무거웠다. 쓰레기의 열 배는 되는 피로가 리어카 위에 얹혀 있었다. P는 리어카를 세우고 허리를 폈다. 허리를 좌우로 꺾고 다시 리어카 손잡이를 허리춤까지 끌어올렸다. 거리는 푸르스름한 어둠에 서서히 잠기고 있었다. 몇 발자국을 떼자 오른편으로 꺾어지는 골목에서 기척이 느껴졌다. P는 걸음을 멈추고 오른쪽으로 시선을 돌렸다. 점등 직전의 골목은 짙은 어둠이 도사리고 있었다. 눈을 가늘게 뜨고 숨을 죽였다. 기척은 흩어지고 개운치 않은 느낌이 남았다. P는 등줄기가 섬찟해지는 것을 느끼며 서둘러 리어카를 끌었다.

악몽을 꾼다. 잘 아는 꿈이다. P는 꿈속에서도 그렇게 생각한다. 얼굴이 지워진 몸들이 누군가를 갈기갈기 찢어 놓는다. 누군가는 형체도 없이 운다. P는 그것이 자신이라고 생각한다. 울음소리가 들리지도 않는데 P는 온 힘을 다해 운다. 얼굴 없는 몸들이 P를 둘러싸고 있지만 아무도 P의 울음소리를 듣지 못한다. 울음소리 대신 목소리가 가득 울린다. 더러운 새끼, 쳐다보지 마, 꺼져, 죽어 버려.

온몸이 땀으로 흥건했다. 언제나 같은 장면, 같은 느낌이다. 꿈을 꾸지 않은 지 한참 됐는데 다시 시작됐다. P는 몸을 일으켜 앉았다. 목덜미가 뻐근했다. 몸살이 올 것처럼 기분 나쁜 기운이 몸을 감쌌다.

그 어느 때보다 가라앉은 새벽이었다. 누가 구름을 떠다가 흩뿌려 놓기라도 한 듯 안개가 짙게 내려앉아 있었다. 알 수 없는 계절만큼 알 수 없는 날씨였다. 낮이면 티끌 하나 없이 태양이 맹렬하고 밤이면 비도 없이 안개가 가득 꼈다. 안개가 한 치 앞마저 가려 리어카를 천천히 몰았다. 유난히 부피감이 큰 안개라는 생각이 들었다. 땀을 많이 흘리지 않았는데도 온몸이 젖었다.

안개가 걷히자 장막 너머에 몸을 숨기고 있던 것이 나타났다. 거대한 붉은 주름들. 사람 몸체를 넘어서는 거구의 지렁이들이 거리 위를 장악하고 있었다. 성인의 몸체에서부터 수 미터는 될 법한 크기까지. 분명한 건 거대해졌다는 것이다. 몸체를 움직이는 수백 개의 주름들이 꾸물꾸물 흔들렸다.

거리는 곧 새된 비명으로 가득 찼다. 도로 가득 바퀴 미끄러지는 소리와 클랙슨 소리가 비명처럼 울렸다. 더 이상 차들은 몸체를 짓밟고 지나갈 수 없었다. 거대한 지렁이들은 바퀴 밑으로 쉽게 빨려 들어가지 않았다. 그것은 사람의 몸처럼 묵직하게 부딪혔다가 튕겨 나가 시체처럼 누워 있었다. 거대 지렁이를 친 운전자들이 새파랗게 질린 얼굴로 차에서 내려 몸을 떨었다. 사람이라도 친 것처럼 말을 더듬으며 119에 신고 전화를 걸었다. 지렁이들은 더 이상 쉽게 짓밟을 수 없는 거대한 몸으로 도시를 점령했다.

거리 청소는 불가능에 가까웠다. 수백 미터 간격으로 거대한 몸들이 도로와 인도를 가로지르며 누워 있었다. 쓰레기는 지렁이의 몸 아래에 깔려 있거나 지렁이가 쓸어 모으기라도 한 듯 몸 옆에 수북이 모여 있었다. 빗자루를 아무리 뻗어 봐도 가까이 다가가지 않고서는 쓸어낼 수가 없었다. P가 더듬거리는 걸음으로 지렁이에게 조금씩 다가가는 모습을 길 가던 사람들이 숨죽이고 지켜봤다. 겨우 조금씩 쓰레기를 긁어 오다가도 지렁이가 꿈틀 움직이면 몸이 굳었다. 한 블록만 지나와도 몸이 땀으로 흥건해졌다.

형일 아저씨까지 병가를 신청하자 거리 미화는 잠정적으로 중단됐다. 거대 지렁이들은 하얀 가루에 더 이상 반응하지 않았다. 거리 청소를 맡은 미화원들은 이상 증세를 호소했다. 제대로 소화를 시키지 못했고, 아무 이유 없이 구토하고 쇠약해졌다. 엄지손톱만 한 붉은 반점들이 몸 곳곳에 피어났다. 미화원들은 그것을 거대 지렁이와 연관 지어 생각했다. 그 붉은 핏물이 붉은 반점과 연관 있다고 확신했다. 미화원들 사이에서 피부병이 심각해지자 구청 소속 미화원들의 업무가 변경됐다. 거리 미화원들은 공공기관 건물 내 청소로 배정되었다. P는 구청 내 청소를 맡게 됐다. 구청 소속 미화원들의 업무가 중단되자, 그 자리에 용역 업체 직원들이 배치되었다. 피부병처럼 그들의 소식이 미화원들 사이에서 돌았다. 스트레스로 그만두는 직원들을 대신해 과한 업무가 배당됐다고 했다. 선불리 그만둘 수도 없는 사람들만이 남았다고 했다. 그들은 일에 치여 사고가 나거나, 지렁이들 사이에서 미쳐 가고 있었다.

거대 지렁이가 출현한 새벽 이후 세상은 더없이 투명했다. 가림막 하나 없는 허공 위로 태양과 달의 빛발이 쏟아졌다. 아무런 투과 장치 없는 빛살은 사람들의 피부 위로 벌침처럼 내리꽂혔다. 사람들을 관통한 빛은 대기 밖으로 빠져나가지 못한 채 허공에 고였다.

뉴스는 거대 지렁이에 관련된 사건 사고들로 채워졌다.

지렁이 때문인지, 사람 때문인지 모를 기묘한 사건들이 일어나고 있었다. 어느 휴대폰 대리점 근처의 쓰레기통에서 폭발물이 터지는 사건이 발생했을 때 더 이상 참을 수 없는 사람들이 국민 청원을 시작했다. 허접한 폭발물을 만들어 설치한 20대 청년이 붙잡혔고, 그는 범행의 목적이 지렁이—그러나 근처에 지렁이는 없었고 상가 두 곳의 유리창을 깨고 근처에서 노점을 하던 노인에게 경미한 부상을 입혔다—라고 말했다. 아무도 손을 쓰지 않으니 직접 방법을 찾았을 뿐이라는 말에 사람들은 분노했고 또 이해했다. 뉴스에서는 몇 차례 근처를 배회하는 남자의 모습이 담긴 CCTV 영상이 계속해서 재방송됐다. TV 화면 아래쪽에 굵은 글씨의 자막이 떴다. 속보, 긴급 대책 마련 대국민 발표. 사무실이 웅성거렸다.

정부는 거대 지렁이의 출현에 당혹하는 모습을 그대로 국민들 앞에 드러냈다. 돌연변이로 등장한 지렁이에 대한 생물학적 연구에 성과도 내기 전에 새로이 출현한 거대 지렁이는 그야말로 국가적 위기에 맞먹는 조치를 취하게 했다. 긴급 대책은 대대적인 활동 제한이었다. 사람들은 긴장했다. 이례적인 국가적 조치가 어디까지, 언제까지, 진행될지 아무도 알 수 없었다. 우선 영업장들의 운영 시간 제한과 사무업종들의 재택근무 권고 조치가 선포됐다. 대중교통 운행 횟수가 축소되고 동네마다 출입제한 구역이 선정됐다. 사람들은 정해진 길로, 정해진 시간에만 다녀야 했다. 공원이나 해변같이 공공 문화시설은 폐쇄됐다. 활동 제한 매뉴얼은 쉽게 말해서 밖으로 나오지 말라는 거였다. 활동 제한 조치의 제1조항에 따라 군인들이 거리를 점령하게 됐기 때문이다. 사람들의 얼굴 위로 긴장과 함께 어떤 안도감이 스몄다.

P가 변기를 닦는 동안 세 번의 총소리가 가까운 곳에서 울렸다. 대국민 발표 이후 거리는 일사불란하게 점령당했다. 낯선 소음이 때를 가리지 않고 울렸다. 예기치 않은 순간에 사람들을 놀라게 하는 것은 이제 거리에서뿐만이 아니었다. 소변을 보다가도 가까운 곳에서 총성이 울리면 사람들은 어깨를 들썩였다. 한낮에는 그나마 덜한 편이었다. 낮에는 주로 차도 위에서 교통을 방해하거나 공공기관 근처에 널린 지렁이들만 집중적으로 처리했다. 거리 곳곳에 널린 몸들은 자정을 넘긴 시간에 처리했다. 거대 지렁이들은 군인들이 일일이 옮기기에는 너무 무거웠다. 거리에서 사살하고, 피를 뺀 후 거죽만 트럭에 쌓아 옮기는 것이 훨씬 효율적이었다. 대국민 발표에서 나온 내용이었다. 휴게실에서 자판기 커피를 빼 마시던 아저씨들은 뉴스를 보며 고개를 끄덕였다.

엄마는 총소리가 이어지는 동안은 잠들지 못했다. 십여 분 간격으로 화장실을 들락거리고 물을 마셨다. 소화가 잘 되지 않는다고 했다. 지렁이들이 거리를 점령했을 때보다 위장

약을 더 자주 먹었다. 아침마다 마주하는 엄마의 얼굴은 점점 시커멓게 쪼그라들어 갔다. P는 지렁이가 치워진 자리에서 총 든 군인들이 사람들을 놀라게 하는 모습을 상상했다.

거대 지렁이들은 계속해서 나타났다. 집단 몰살을 바로 곁에서 느끼면서도 마치 그럴 수밖에 없다는 듯이 천천히 몸을 밀었다. 총살당한 지렁이 사체들은 군용 트럭에 실려 도시 밖으로 빠져나갔다. 묻거나 태운다는 소문만 돌 뿐 어떻게 처리되는지 정확하게 알 수 없었다. 먼발치에서 군용 트럭이 줄지어 도시를 가로질러 가는 것이 목격되곤 했다. 거리는 청소되는 것처럼 보였다. 사람들이 여전히 쇠약한 것과는 다르게 한낮의 도시에서 거대 지렁이들은 점점 줄어 갔다.

대걸레를 통에 담고 P가 수도꼭지를 돌렸다. 구정물이 콸콸 쏟아졌다. P는 대걸레 위로 고이는 검붉은 물을 바라보다 수도꼭지 아래로 손을 가져다 댔다. 손바닥 가득 핏물 같은 붉은 액체가 흘렀다. 꾸룩꾸룩 소리가 나더니 이내 맑은 수돗물이 쏟아졌다. P의 손바닥에는 붉은 자국이 희미하게 남았다.

휴게실로 들어서자 갑작스런 상황이 벌어졌다. 웅식 아저씨가 P에게 달려들었다.

"너 이 새끼야!"

다짜고짜 멱살을 잡고 흔드는 아저씨의 손을 뿌리치지 못하고 P는 그대로 흔들렸다.

"그거 옮는 거 아니라며, 아니라며!"

웅식 아저씨가 오른쪽 턱에 붙인 반창고를 떼어 냈다. 피부가 검붉게 부어 있었다. 피고름, 끓는 물에 데쳐진 듯한 물집, 발진. P의 오른뺨과 흡사했다. 웅식 아저씨의 뒤에서 아저씨들이 고개를 돌린 채 서 있었다. 모두 몸에 돋아난 검붉은 반점들을 살폈다. 낯선 눈들이 P를 쳐다본다. P의 멱살을 잡은 웅식 아저씨가 P를 패대기쳤다.

"너 때문이잖아 이 새끼야. 아니면 내가 왜, 왜 이러냐고!"

"아저씨, 저 아니에요, 이거 옮는 거 아니에요. 진짜예요, 진짜예요……."

몸이 떨렸다. 머릿속이 뒤죽박죽이었다. 묵은 감정들이 한순간에 P를 덮쳤다. 웅식 아저씨는 악에 받친 소리를 내지르다가 휴게실을 떠났다. 쓰러져 있는 P에게 아무도 다가오지 않았다. 웅식 아저씨의 비명이 새벽마다 들려오는 총성처럼 귀에 남았다. 수도꼭지에서 콸콸 쏟아져 나오던 핏물이 몸속에서 흐르는 것 같았다.

어둠 속에서 눈을 떴다. 가까운 곳에서 총성이 울리고 있었다. P는 베란다로 나갔다. 창 너머로 빛이 번져 들어왔다. 가로등과 군인들이 밝힌 불들이 새벽 거리를 밝히고 있었다. 창문을 열었다. 새콤한 비린내가 풍겨왔다. 문득 새벽의 고요가 아득한 과거처럼 여겨졌다. 이 모든 것이 시작되기 전, 긴 장마가 세상을 뒤덮기 전, P가 가장 좋아했던 침묵의 시간. 혼자만의 시간. 희부연 어둠을 가르며 비질을 하고 비닐봉지를 여미는 광경이 흑백 필름처럼 아득하게 그려졌다. 빗살들은 콘크리트 바닥에 닿아 쓰억쓰억 소리를 내고, 잠시 허리를 펼 때면 얼굴 가득 스산한 새벽 공기가 달라붙었다. 그런 시간이 있었다고, 자신에게도 그런 평범한 순간이 있었다고 P는 생각했다. 태곳적만큼 먼 기억인 것 같았다.

방충망을 열자 쉬이익 쇳소리가 났다. P는 난간을 짚고 아래를 내려다봤다. 생각보다 멀지 않다고 생각했다. 검은 물속처럼 시멘트 바닥이 보였다. 눕고 싶다고 P는 생각했다. 시끄럽고, 지긋지긋한 이곳을 벗어나고 싶었다.

어둠 속에서 기다란 몸이 점점 빛 속으로 나아갔다. 윤곽이 선명해졌다. 가로등 아래 나타난 지렁이를 보자 P는 갑자기 화가 났다. 저 미련한 것들은 살의의 기운을 느낄 수 있는 감각도 없는가. 지렁이는 멈추지 않고 배를 밀어 붉은 몸을 옮겼다. 수십 개의 총구가 숨어 있는 빛 속의 거리를 생각했다. 그 속으로, 총구 앞으로 맨몸을 밀어 나아가는 지렁이의 모습이 잔상처럼 떠올랐다. 참을 수 없는 공포가 몸을 휘감았다. P는 불현듯 현관문을 박차고 뛰어나갔다.

아파트 단지를 빠져나와 P는 생태공원 쪽으로 발을 뻗었다. 도시 옆으로는 큰 강이 이어지고 있었다. 동네를 벗어나는 굴다리를 지나자 강가까지 생태공원이 드넓게 펼쳐졌다. 강이 범람할 때면 잡풀들이 가슴팍까지 자라는 밀림 같은 야생 초원이었다. 몇 년 전 정부에서 시행한 강 살리기 사업의 일환으로 무성하게 자라던 야생초들이 대대적으로 제거되었다. 자전거 길이 닦이고 길가로 몇 가지 종류의 개량된 식물들이 심겼다. 어느새 생태공원이라는 팻말이 입구에 세워졌다. 생태공원에는 누구나 이름을 알 법한 몇 가지 꽃들이 피어올랐다. 주기적으로 관리되었지만 초원은 제 습성을 버리지 못했다. 장마가 지나가고 나면 야생풀들이 허벅지까지 자랐다.

생태공원의 팻말이 잡풀들에 묻혀 있다. 이제 완전히 버려진 초원으로 돌아왔다. 매끈하게 닦인 길은 풀로 뒤덮였다. 날이 선선할 때면 이 길을 따라 국토를 횡단하는 자전거족 행렬이 지나가곤 했다. 이젠 주민들도 이 길로 자전거를 끌고 나오지 않는다. P는 이제야 조금 생태지 같다는 생각이 들었다.

자전거 도로를 벗어나 풀숲 사이를 헤집고 걸었다. 잡풀들은 힘차게 발돋움을 하듯 종아리를 휘감았다. 발을 크게 내딛을수록 풀 냄새가 진하게 진동했다. P는 슬리퍼를 벗었다.

듬성듬성 세워진 가로등에 온전한 전구는 몇 없었다. 빛은 먼 곳에 두어 점 내려 있다. 사위는 칠흑에 가까운 어둠이다. P는 시선을 멀리 강 쪽으로 던졌다. 점차 어둠에 익숙해졌다. 강과 풀숲의 경계가 분간되지 않았다. 천천히 걸었다. 한 발을 내딛는 순간 한 발을 떼기 전에는 느낄 수 없었던 어떤 기척이 온몸으로 엄습해 왔다. 형체를 알아볼 수 없지만 아주 가까운 곳에 무언가가 있다는 것을 P는 느낄 수 있었다. 옷을 벗는다. P는 몸을 가린 겨우 몇 조각 안 되는 천들을 벗어 놓았다. 숨쉬기가 편해졌다. 마스크 안쪽에서는 언제나 숨쉬기가 힘들었다. 아무것도 얹히지 않은 알몸이다.

조용히 무릎을 꿇고 허리를 숙였다. 짙은 풀 냄새 사이로 새콤한 냄새가 났다. 붉고 진득한 몸의 냄새다. P는 완전히 엎드려 잔풀들이 자잘한 흙바닥에 몸을 밀착시켰다. 발등부터 허벅지, 가슴팍, 양어깨까지 바닥에 깔린 거친 풀들에 완전히 붙였다. 몸에 힘을 푼다. 축 늘어진 몸뚱이가 일순 가벼워지는 것 같았다. 무릎, 팔꿈치, 목까지 몸의 주름들을 이완시킨다.

풀들 사이로 몸을 수그렸다. 코를 풀잎 속에 박았다. 고름이 차오른 뺨에 날카로운 풀의 단면이 스쳤다. 발등에 반동을 주면서 몸을 앞으로 밀어 본다. 생각보다 쉽지 않았다. 숨을 크게 들이쉰다. 다시 앞으로, 아주 조금씩밖에 나아가지 않았다. 지렁이들의 무리 안으로 가까워지는 것이 느껴졌다. 어둠 속에 가늠할 수 없이 많은 지렁이가 무리 지어 있는 것을 P는 피부로 느꼈다. 다시 천천히 몸을 밀었다. 조금씩 가벼워진다. 숨을 들이마시지도 않는데 몸이 팽창하는 것이 느껴진다. 다시 조금 더 앞으로 나아갔다. 그것만이 유일한 생의 이유인 것처럼. 그 어떤 목적도 없는 것처럼 배를 민다.

뒷이야기

편집자 L

호밀밭 소설선 시리즈를 리뉴얼하면서 그 처음을 작가님과 함께하게 되었습니다. 저희에게도 새로운 작업의 시작이지만 작가님께 첫 소설집이기도 하지요. 소설집을 준비하느라 몇 년간 써온 소설들을 다듬으며 어떤 기분이었는지 듣고 싶습니다. 특히 2019년 신춘문예 등단작이었던 「흰 콩떡」을 다시 읽으니 어떠셨나요? 그때 그 소설을 쓰던 때로부터 현재 달라진 점이 있다면 무엇일까요?

소설가 K

2019년 등단 이후 길지 않은 시간이지만 생각의 큰 변화를 일으킨 개인적인 경험이 있었습니다. 약 1년간 덴마크의 마을 공동체에서 살다 온 시간은 삶의 가치관과 작품을 구상하는 방식에 변화를 일으키고 있는데요. 등단작인 「흰 콩떡」은 그야말로 방에 틀어박혀 습작하던 시간을 딛고 써낸 작품이라, 덴마크에서 돌아온 후 쓴 작품들과 나란히 놓고 다듬으며 작품 세계와 인물을 상상하는 방식이 이전과 결이 조금 달라졌다는 걸 느끼게 되었습니다. 「흰 콩떡」은 덴마크에 가기 전까지의 제 삶의 가장자리가 잘 느껴지는 작품인데요. 한 동네에서 평생 자라고 살아오면서 일상의 세부들을 예민하게 포착하고 세밀하게 들여다볼 수 있었던 만큼 경험하지 못한 세계와 삶의 모양을 상상해내는 데 한계도 있었던 것 같아요. 「흰 콩떡」에서 '나'는 결국 아버지를 찾아내고 아버지가 건넨 흰 콩떡을 꾸역꾸역 다 먹어 내면서 기존의 삶의 굴레랄까 패턴을 벗어나지 못하는데 이후 작품들에서는 점점 그 패턴을 깨고 나아간다는 느낌이 듭니다. 아무래도 이전까지의 삶과는 전혀 다른 지구 반대편에서의 경험이 삶의 형태를 상상하는 힘을 더욱 확장시켜 주는 것 같아요. 각각의 작품을 쓸 때 이전 작품과 연결성을 염두에 두진 않았지만 작품들을 펼쳐 놓고 살펴보면서 작품 세계를 구성하는 공통된 요소, 혹은 변화되어 가는 흐름 같은 것들이 보여서 새로운 작업이었습니다.

편집자 L

소설집에 수록할 작품의 순서를 정할 때 고민했는데요. 작가
님께서 원고를 보내 주시면서 작품의 분위기가 두 갈래로 나뉜
다고 말씀해 주셨던 게 도움이 되었습니다.

전반부의 「흰 콩떡」과 「누수」는 눙치고 넘기던 감정들이 뜻밖
의 '사건'을 통해 드러납니다. 인물들이 느끼는 감정들은 주로
가족 간의 관계에서 기인하지요. 함께 지내 온 오랜 시간만큼
서로에게 무뎌지고 익숙해져 좀처럼 드러내지 않던 문제들이
일상의 균열과 함께 불거집니다. 마치 가족 드라마와 같은 앞
의 두 소설과 달리 후반부 작품인 「방」과 「구인」은 전염병이나
이상 기후로 인한 사회적 '재난'을 배경으로 합니다. 앞의 소
설들이 관계의 균열 속에서도 서로에 대한 이해 가능성을 열
어 두는 데 반해, 뒤의 소설들은 훨씬 더 비관적인 분위기를 띠
고 그러한 세계 속에서 인물들이 괴로워하고요. 앞서 말씀해
주신 점으로 미루어 보건대 덴마크에 다녀오신 이후로 소설의
분위기가 확연히 변화한 듯합니다. 작가님이 세계를 바라보는
시각과 소설을 통해 그려내고 싶은 이야기 역시 달라졌고요.

소설가 K

특별할 것 없는 일상의 한 장면과 사소한 사건에서 영감을 받
아 이야기를 상상하다 보니 자연스레 가족은 제 소설의 주요

한 골격을 이루는 것 같습니다. 제 삶에 가족이 얼마나 중요한 자리를 차지하고 있는지 작품을 완성하고 나서야 새삼스레 깨닫곤 해요. 의도하지 않아도 저의 이야기 속 인물들은 단독자가 아니라 어떤 가족, 어떤 역사를 바탕으로 한 인물들이더라구요. 비교적 가족 이야기가 중심이 되지 않는 「방」과 「구인」에서 역시 가족은 이야기의 중요한 밑거름이 됩니다. 사회적 재난의 상황에 돌아올 곳, 숨어들 곳으로서 가족—또는 경제활동을 하는 부모와 집—이 있는 인물만이 「방」의 이야기를 가능하게 하고, 견딜 수 없는 폭력성에 새로운 존재로 나아가는 인물(「구인」) 또한 최소한의 보호자인 가족의 품 안에서 지내 온 인물입니다. 가족은 저의 작품 세계에 중요한 골격이 되지만 「흰콩떡」과 「누수」, 「방」과 「구인」이 다른 세계관을 갖게 되는 건 말씀해 주신 것처럼 서로에 대한 이해 가능성, 즉 회복 가능성을 상상하는 차이인 것 같아요. 앞의 작품들에서는 균열과 어긋남에도 회복의 가능성을 품고 있지만 뒤의 작품들은 회복, 치유의 불가능성 위에 자기만의 방식으로 해결을 찾아가는 인물들의 모습을 그려내고 있습니다. 이러한 변화는 아무래도 팬데믹으로 인한 일상의 파괴가 큰 영향을 주었는데요. 사회적 재난에 더하여 사회적 안정성을 얻기 힘든 현재의 청년—저를 포함한—세대의 불안과 무기력함을 더욱 선명하게 느끼게 된 것 같습니다. 개인적으로는 덴마크에서 돌아오자마자 팬데

믹으로 인해 아무런 사회적, 경제적 활동을 하지 못한 채 반년의 시간을 혼자 고민하며 느낀 심적 변화가 인물들에게 투영된 것 같아요. 덴마크에 다녀온 이후 생각하는 방식의 변화를 체감하고 있는데요. 새로운 문화의 경험은 한국의 현실을 좀 더 낯설게, 예민하게 감지하게 만드는 것 같습니다.

더불어 온전히 이해할 수 없는 타인들—가족을 비롯하여—은 소설을 쓰게 하는 가장 중요한 원동력인데요. 외부의 존재들, 도무지 이해할 수 없는 타인이 때때로 폭력성으로 느껴질 때가 있곤 합니다. 함부로 혐오하는 사람들, 놀랍도록 별 의도 없이 폭력성을 드러내는 사람들, 타인을 전혀 생각하지 않는 타인들의 존재는 제게 깊은 자국을 남깁니다. 더욱이 사회적 재난 속에서는 이러한 타인의 존재가 더욱 날카롭게 다가왔어요. 자신의 아주 작고 사소하지만 유일한 공간, 일상을 지키고 싶은 인물들—어떤 의미에서는 고립된 인물들—이 자신의 의지와는 무관하게 닥쳐온 현실, 외부의 폭력성에 맞서 자기만의 방식으로 존재성을 지켜 내는 이야기를 그려 보고 싶었습니다. 그래서 암울한 세계를 배경으로 하지만 오히려 적극적으로 자신의 공간을 사수하려는 인물, 폭력과 혐오로부터 존재를 지키기 위해 새로운 존재로 나아가는 인물에 집중했어요. 작품의 세계와 나아가게 되는 결말이 결코 희망적이지 않더라도 자기만의 방식으로 존재성을 지키려고 온 힘을 다해 세계에 맞서 분투하는 인물들이라는 점에서 비관적으로만 상상하지는 않은 것 같아요.

편집자 L

대체로 소설집 속 주인공들이 이삼십 대의 청년이라는 점도 인상 깊었습니다. 딱히 "내세울 게 없"(「흰 콩떡」)고, "삶에 대한 확고한 신념"(「누수」)도 가지지 못한 채 남들에게 보이기 싫은 흉터를 마스크 아래 숨기고 살아가는(「구인」) 인물들. 애써서 노력해 봤지만 뜻대로 되지 않는 일들에 누덕누덕해져 "어디에서 다시 시작해야 하는지"(「방」) 알지 못하는 이 인물들의 모습이 낯설지 않았습니다. 그들에게서 저를 비롯한 제 주변 친구들이 느낄 법한 감정을 읽어낼 수 있었거든요. 작가님의 모습이 투영된 인물이 있을 수도 있겠다는 생각도 듭니다. 특히 「누수」에서 프리랜서 편집자로 나오는 주인공의 모습이 그랬어요. 실제로 독립출판사를 운영하고 계시기도 하시지요.

소설가 K

실은 직장 생활을 한 번도 해 보지 않았는데요. 작품 속 인물들의 일부분은 소설가를 꿈꾸며 아르바이트를 전전하면서 이십 대를 보냈던 저의 모습들이기도 합니다. 사회의 정상 궤도 안에서 취업과 함께 차곡차곡 생활의 안정성을 마련해 가고 있던 친구들—혹은 사회적으로 용인 가능한 '취업 준비'를 하는 친구들—속에서 저의 꿈은 크게 내세울 만한 것이 아니고(이뤄 내도 대단한 성공, 경제적 안정을 마련해 주지 않으므로), 목적지도 불분명한 열망이었어요. 저에겐 확고한 신념이지만 주변 가까운 사람들에게도 공감을 얻지 못해 홀로 견뎌 내야 하는 꿈을 쥐고 어떻게든 지지 않기 위해, 포기하지 않기 위해 분투하다 시작하게 된 것이 독립출판이었습니다. 등단이라는 큰 산을 앞에 두고 늘 한 걸음씩 물러나야 했던 시간들을 보내며 한 해가 바뀔 때면 새해의 설렘보다 올해는 뭘 해야 하나, 어떻게 살아야 하나, 하는 막막함을 가장 크게 느끼곤 했는데요. 많은 청년이 꿈을 고수하며, 혹은 꿈을 찾지 못해, 무언가를 열망하지만 좌절이 더 큰 세상의 문턱 앞에 느끼는 막막함과 불안이 각자 서 있는 위치는 달라도 비슷하게 체감되고 있는 것 같습니다.

따라서 우연히 만난 독립출판은 잡지 않을 수 없는 반짝이는 동아줄처럼 느껴졌어요. 내 손으로 내 글을 세상에 내놓을 수 있는 세계는 등단만 바라보며 홀로 숨어 지내던 저를 세상 속으로 나갈 수 있게 해 주었습니다. 그렇게 시작하게 된 독립출판은 단순히 글을 쓰며 무언가를 '준비'만 하던 삶에 '생업'이 되어 주었어요. 직장 대신 직업이 생긴 셈이죠. 출판을 업으로 삼고 책을 출간하게 되면서 글쓰기와 독립출판 수업 들을 하고, 프리랜서의 삶을 스스로 빚어 가면서 저만의 시간, 저만의 일과 세계를 구성할 수 있게 되었습니다. 그렇게 빚은 삶의 형태는 물론 가족들의 삶과는 전혀 다른 모양이었고 저에겐 반드시 지켜 내고 싶은 아주 소중한 것이 되었어요. 그러한 생활 모습이 특히 「누수」에 가장 많이 투영된 것 같아요. 커피와 함께하는 평온한 아침 시간을 방해받고, 누수 공사로 인해 소중한 작은 서재와 집, 일상이 망가지는 걸 지켜보며 주인공이 느끼는 감정은 제가 가까스로 만들어낸 저의 삶을 지키고 싶은 마음이 많이 녹아 있는 것 같습니다.

편집자 L

소설집의 제일 처음에는 프롤로그 격인 초단편소설 「파브리카」를 실었습니다. '가족'으로부터 그리고 참혹한 '현실'로부터도 도망가고 싶은 혜영의 이야기가 담겨 있지요. 어쩌면 이 소설집에 나오는 인물들 모두 정도의 차이는 있겠지만 혜영과 마찬가지로 '새 얼굴'을 갖고 싶지 않았을까 추측하게 됩니다. 그들에게 어떤 얼굴을 만들어 주고 싶으셨나요?

소설가 K

자기 자신으로 온전하게 설 수 있는 탐색의 시간과 여건, 인식이 부족한 사회라는 생각을 하곤 합니다. 삶의 다양성이 부족

한 사회에서 보편적인 삶, 정상의 삶이라고 규정된 형태 밖에서 살아가는 사람들이 느끼게 되는 폭력성으로부터 '혜영'이 만들어졌어요. 혐오를 일으키지 않는 외모, 정상 가족의 소유, 규격을 벗어나지 않는 사회·경제적 생활 밖의 존재들은 늘 존재성을 시험당하는데, 그 출발선은 가족인 것 같습니다. 가족은 사회적 관습을 가장 먼저, 또 가장 적극적으로 강제하는 존재이기도 하면서 동시에 나의 정체성을 구축하는 견고한 전제 조건이기도 합니다. 따라서 자기 자신, 단독자로 오롯이 존재하고 스스로 존재성을 부여하기 위해서 인물들은 각자의 방식으로 자기만의 얼굴을 만들어내는 인물들입니다. 그들이 갖게 될 얼굴은 기이하고("엄마, 쟤 얼굴 봤나? 미쳤는갑다. 하이고… 저게 사람 얼굴이가? 징그러바서…… 도대체 얼굴에 뭔 짓을 한 거고?", 「파브리카」) 비정상적일—심지어 인간성을 포기할—지라도(「구인」) 스스로 선택하는, 자기 자신다운 모습을 찾아 주고 싶었던 것 같습니다.

편집자 L

한편으로 소설집 전체에서 '이완'의 시간들이 느껴진다는 점에서도 흥미로웠습니다. 「흰 콩떡」의 아버지는 모텔에서 혼자만의 시간을 가지고, 「누수」의 주인공은 망가진 집으로 신경이 바짝 곤두서 있다가도 다른 인물과의 대화에서 순간이나마 마

음이 느슨해져서 "평소답지 않게" 말을 붙입니다. 「방」의 '나'
또한 집으로 돌아와 몇 년 만에 "깊고 편안하게" 잠이 들고, 「구
인」에서 'P'는 소설 마지막에 "숨을 들이마시지도 않는데 몸이
팽창"하는 기분을 느낍니다. 잔뜩 긴장하고 움츠려 딱딱하게
굳은 이들의 몸이 이완되는 순간들이지요. 그리고 이 순간들
은 작가님께서 방금 말씀하셨듯이 "자기 자신으로 온전하게 설
수 있는 탐색의 시간"을 위한 시간이기도 합니다.

소설가 K

독립출판사를 운영하며 가장 처음 만든 독립출판 에세이집
『저기요, 선생님?』에는 "나의 하루는 가족 모두 출근하고 텅 빈
늦은 아침의 거실로부터 시작된다."라고 쓴 문장이 있습니다.
글을 쓰기 위해서는 외부 자극이 차단된 온전한 고립의 시간이
필요한데요. 이를 다른 말로 하면 '이완'의 시간이 아닌가 싶어
요. 집에서 글을 쓰고 일하는 생활을 하다 보니 집이 일터이자
휴식처인데, 아무래도 집에서는 다른 가족들의 생활 패턴에 영
향을 받을 수밖에 없죠. 그게 늘 힘겨웠어요. 내게는 고요한
아침이 절실한데 가족들은 출근 준비를 하는 분주한 시간이고,
저녁에는 TV 소음과 생활 소음이 가득하고…. 그러다 보니 나
만의 시간을 사수하는 게 저에겐 중요한 문제였어요. 특히 개
인의 영역을 존중하고 '휘게[Hygge]'로 대표되는 이완의 시간을 중

요시하는 덴마크의 문화를 경험하고 돌아온 후 한국 사회의 긴밀함 속에서 많은 사람이 자기만의 영역, 시간, 삶의 방식을 사수하지 못한 채 살아가고 있다는 사실을 깨닫게 되었어요. 늘 어떤 역할, 위치, 책임과 의무 속에서 팽팽하게 긴장한 채 살아가고 있는 것 같아요. 그렇게 살아온 데서 고통받는 인물들에게 어떤 방식으로든 사회적으로 요구되는 모습이 아닌 오롯이 자기 자신으로 존재하는 시간을 주고 싶었던 것 같습니다. 저에겐 새벽 '네시오십분'(독립출판사 이름)이 그런 시간이에요.

편집자 L

이번 소설집에 실린 것 중에서 특히 쓰기 어려웠던 소설이 있을까요? 가장 애착이 가는 소설을 이야기해 주셔도 됩니다. 열 손가락 깨물어 안 아픈 손가락 없다지만 그래도 조금 더 아픈 손가락이 있을 것 같거든요.

제 개인적으로 가장 술술 읽힌 소설은 「흰 콩떡」입니다. 소설 속 아버지와 어머니의 모습과 그들이 내뱉는 말들이 저희 부모님과도 닮아서 깜짝 놀랐을 정도예요. 읽으면서 제일 상상력을 많이 발휘해야 했던 작품은 「구인」입니다. 구인蚯人이라는 제목이 '지렁이'의 한자어 표기인 구인蚯蚓에서 음차를 따오고, 지렁이 구蚯와 사람 인人을 합성하여 만들었다고 말씀해 주셨는데요. 어느 날 갑자기 등장한 거대 지렁이의 모습과 소설 마지막에 주인공이 나체로 땅바닥을 기며 지렁이처럼 기어가는 모습이 무척 인상적이었습니다. 이러한 상상력은 어디에서 영감을 얻으셨는지도 궁금합니다.

소설가 K

네. 말씀해 주신 것처럼 사실 모두 마음이 가는 인물들인데요. 어떤 인물들은 저와 많이 닮아서, 어떤 인물들은 또 저와 아주 달라서 모두 쉽지 않았던 이야기들입니다. 저 역시 「흰 콩떡」은 술술 써 내려갔던 작품입니다. 실은 6시간 만에 완성한 소설인데요. 어떤 의미를 담고자 했다기보단 제가 가장 잘할 수 있는 이야기를 거창한 의미 부여나 주제를 의식하지 않고 자연스럽게 잘할 수 있는 방식으로 썼던 이야기예요. 그래서 어쩌면 '등단작'으로 가장 의미 있는 작품이 아닐까 싶습니다.

아무래도 애착이 큰 작품은 「구인」입니다. 「구인」은 개인적인 공포에서 비롯된 이야기인데요. 비 온 뒤 길을 걷다가 퉁퉁 부은 지렁이들을 만나면 소스라치게 놀라는 스스로의 감정이 문득 아주 이상하게 느껴질 때가 있었어요. 순식간에 발끝에서부터 소름이 끼치고 화들짝 놀라게 되는 건 두려워서인지 놀라서인지 곰곰이 생각해 보게 되었는데요. 지렁이들이 갑자기 튀어 올라 달려드는 것도 아니고 그저 제 모습으로 제 갈 길을 가고 있었을 뿐인데 왜 그걸 발견하는 사람들은 알 수 없는 긴장과 불쾌감을 느끼며 지렁이를 탓할까 하구요. 그 감정이 저의 개인적인 학창 시절의 기억들을 불러일으키면서 나와 다른 존재, 다른 외형을 가진 존재를 향한 근원적인 공포가 순식간에 대상을 향한 폭력성으로 표출되는 것이 특별한 일이 아니라는 걸 깨닫게 되었습니다. 살아오는 동안 그와 비슷한 수많은 폭력을 우리는 마주해 오고 있었으니까요. 이런 생각을 바탕으로 세상의 근원적인 폭력성 앞에 혐오의 대상이 된 존재는 어떤 방식으로 살아 낼 수 있을까를 상상하며 총구 앞으로 맨몸으로 끊임없이 기어 나가는 지렁이와 같은 존재가 되는 인물을 떠올려 보게 되었습니다. 이 작품은 초고에서 세부적인 내용을 크게 수정했는데, 결말은 초고에서 쓴 그대로를 썼습니다. 결말은 그대로 두고 수정 방향을 잡았어요. 초고를 처음 써 내려가기 시작하면서 저도 이 이야기가 어떤 결말을 향해 갈지 알 수 없었는데요. 이와 같은 결말을 만나고서 바로 이 장면을 위해 이 이야기는 태동했구나, 라는 묘한 느낌을 받았던 기억이 납니다.

편집자 L

소설집의 첫 작품 「파브리카」의 혜영도 마지막 작품인 「구인」의 'P'도 폭력적인 사회의 시선 속에서 '혐오'의 대상으로 낙인 찍힌 인물들입니다. 앞에서 저희가 이야기 나누었듯이 그들을 둘러싼 세계가 비록 희망적이지는 않지만, "온 힘을 다해 세계에 맞서 분투하는 인물"들의 이야기에 귀 기울이는 이들이 많아진다면 또 다른 결말도 가능하지 않을까요? 제가 너무 낙관적이려나요? (웃음) 마지막으로 최근에 관심을 가지고 있는 것이라든가 앞으로 쓰고 싶은 소설에 대해서 들려주세요.

소설가 K

최근 가장 사로잡혀 있는 키워드는 '변신'입니다. 변신의 모티프가 다양한 방식으로 이야기를 변주하게 만들고 있는데요. 「구인」 역시 변신의 구조를 갖고 있고, 이번 작품집에는 수록하지 않았지만 2020년에 발표한 「변신」이라는 단편에서는 변신의 구조를 실험적으로 다뤄 보기도 했습니다. 사람과 문명 사회, 과학 기술에 내재된 근원적인 폭력성에 늘 관심이 있는데, 이러한 의식이 최근 생명에의 관심에 더하여 인간 사회가 자연, 생명에 가하는 폭력성으로 확대되고 있고 이에 대한 저항적인 실천의 차원에서 변신이라는 구조를 상상하게 되는 것 같습니다. 실은 이렇게 구체적으로 생각을 정리해 본 적은 없는데요. 특별히 판타지나 SF를 쓰겠다는 장르적 구체성을 갖고 작품을 구상하지는 않는데 자연스럽게 판타지적인 상상력이 작품을 구상하는 데 적용이 되는 경우를 생각해 보면 변신이라는 관점에서 상상력이 발휘되는 것 같아요. 이전까지는 주로 리얼리즘적인 형식으로 작품을 구상해 왔는데, 최근 계속해서 나아가 보고 싶은 방향은 판타지 소설이라는 장르적 특성을 따르는 형식으로서의 판타지가 아니라 리얼리즘과 판타지가 자연스럽게 녹아드는 형식의 작품을 써 보고 싶습니다.

작
가
의
말

'믿었던 사람이 돌변하는, 본색을 드러내는 이야기.'

최근 스마트폰 메모장에 쓴 메모다. 길을 걷다가, 라디오를 듣다가, 대화를 하다가, 샤워 중에 문득 어떤 문장이 머릿속을 관통한다. 어떤 사람의 모습일 때도 있고, 무슨 상황이 벌어지는 장면일 때도 있다.

그 착상, 외계에서 어떤 존재가 툭 머릿속으로 떨어트려 준 장면은 꼬리에 꼬리를 물고 단숨에 부풀어 올라 이야기의 형태가 되어 가고 나는 숨을 헐떡이며 받아 적는다. 흩어지기 전에. 걷다가 우뚝 멈춰 서서 받아 적고, 샤워를 하다가 후다닥 손만 대충 수건에 비벼 닦고 받아 적는다. 상상은 최고 사양의 엔진을 탑재한 기계가 만들어 내는 것처럼 단숨에 뻗어 나간다. 이미 한 편의 이야기가 모두 완성된 것만 같다. 정말 외계에서 온 이야기인가, 라는 생각이 들 만큼 새로운 이야기처럼 느껴진다. 그리고 돌아서서 다시 몸을 씻으며 방금 벌어진 이야기의 세부를 상상한다. 그리고 곧 깨닫는다. 이건 전부 엉터리잖아. 모든 아귀는 맞지 않고 인물은 추상적이고 무엇보다 아무것도 아닌 이야기다. 아무것도 아닌 이야기. 돌파구가 없는 그 지점에서, 이야기를 시작한다.

모든 것이 의심스러울 때, 모든 장면이 무의미하게 느껴질 때, 늘 하는 질문이 있다. 나는 지금 이 이야기를 왜 하고 싶나. 나는 어디에 서서 이야기를 할 것인가. 그 자리를 고민하다 보면 고민을 받아먹고 만들어진 누군가가 어딘가에 서 있다. 나의 모든 이야기는 늘 거기에서 출발한다.

3년간 쓴 이야기들을 한데 펼쳐 놓고 읽으며 내 속에 흐르는 두 갈래의 강줄기를 발견했다. 고여 썩어 가더라도 끝내 품고야 마는 어쩔 수 없는 마음과 그 어떤 것도 믿지 않는 파괴적인 상상. 그 양극단을 오가며 이야기를 빚었다. 그 가운데에 사람이 있었다. 내게 타인은 영영 이해할 수 없는 존재이면서 동시에 저버릴 수 없는 존재였다. 그리고 오랜 시간 내가 온 힘을 다해 맞닥뜨린 타인은 가족이었다.

내게 소설은 사람을 이해하는 과정, 삶을 견디게 하는 외줄이다. 그러니 가벼워지지가 않는다. 좀 산뜻하게, 통통 튀는 생기가 감도는 이야기를 바라는데 잘되지 않는다. 늘 타인은 돌발상황이고 좀체 적응이 안 된다. 매번 새롭게 당황하고 힘이 든다. 그래서 자꾸 속으로 곪는다. 내 손으로 해결할 수 없는 그 영원한 미지의 영역이 소설을 쓰게 만들었다.

자신의 의지와 무관한 모습으로 태어난, 자신을 길러 준 이의 부재를 쫓는, 애써 구축한 자기만의 요새가 붕괴된, 세상 곳곳에 팬 구멍으로 자꾸만 미끄러지다가 방에 갇혀 버리는,

삶을 지속적으로 갉아먹는 세상의 폭력 앞에 맨몸으로 나아가는 인물들은, 이해할 수 없는 세상 앞에 나를 대신해 선 존재들이었다. 그 존재들을 따라 걸으며 마주하고 부서지고 어떤 방식으로든 일어섰다. 현실에서는 차마 할 수 없었던 일들이다.

사람을 생각하다 보면 자연스레 그 사람이 살고 있는 곳이 그려진다. 어떤 방에서 밥을 먹고 잠을 자는지, 방의 구조는 어떤지, 그 집은 누구의 소유인지, 그 안에서 그 사람은 행복한지. 그가 어떤 사람인지 알기 위해서 그가 있는 장소를 자세하게 그려 보고, 그가 입을 법한 옷차림을 상상하고, 그의 말투를 흉내 내어 보고, 그가 만나는 사람들과 대화를 해 보는 그 모든 과정은 그 무엇으로도 대체할 수 없는 즐거움이다. 하나의 인물과 그의 공간, 세계를 구축하는 일에 몰입하던 시간 속에서 나는 조금씩 버틸 힘을 얻었다.

내 모든 이야기의 첫 번째 독자는 어머니다. 밤새 쓰고 안방 침대 위에 원고를 올려 두면 열띤 감상과 질문이 돌아오던 그 시간이 계속 쓰게 만들었다. 등단작은 오직 어머니를 즐겁게 하기 위해 쓴 글이었다. 쉽게 만날 수 없는 멋진 독자가 늘 내 곁에 있다.

가족은 이야기의 세부를 채우는 자양분이 되어 준다. 덕분에 본인의 의지와 무관하게 내 이야기의 구석구석에서 고통받는다. 최근 새로운 가족이 생겼고 처음 겪는 그 관계 덕분에 이야기가 한 폭 더 확장될 수 있었다. 글을 마무리하는 과정에는 곧 가족이 될, 오랜 짝지가 힘을 보태어 준다. 그렇다. 내게 타인은, 세계는 결국 가족에서 출발한다.

각기 다른 지면을 통해 단독적인 세계로 있던 작품들을 한데 엮어 큰 흐름을 발견해 주신 임명선 편집자님께 감사를 드린다. 나의 이야기를 관통하는 줄기가 있다는 걸, 나의 세계가 변화해 가고 있다는 걸 그의 세심한 읽기를 통해 알 수 있었다. 아직 설익은 이야기들의 가능성을 열어 주신 호밀밭 출판사에도 감사드린다.

요즘은 사람과 사람 사이 생동하는 관계의 운동성이 느껴지는 이야기에 끌린다. 열렬히 부딪히고 부서지고 또다시 손을 맞잡으며 만들어 내는 삶의 생기가 가득한 글을 언젠가 써 보고 싶다. 그러려면 더 세상 속으로 나가야 한다.

2022년 부산에서

김지현

"세상 모든 것에 감탄하는 지혜로운 사람들의 공간"
도서출판 호밀밭

파브리카
© 2022, 김지현

지은이	김지현
초판 1쇄	2022년 06월 27일
편집	임명선 책임편집, 박정오, 하은지, 허태준
디자인	박규비 책임디자인, 전혜정, 최효선
미디어	전유현, 최민영
경영지원	김지은, 김태희
마케팅	최문섭
종이	세종페이퍼
제작	영신사

펴낸이	장현정
펴낸곳	호밀밭
등록	2008년 11월 12일(제338-2008-6호)
주소	부산광역시 수영구 연수로 357번길 17-8
전화, 팩스	051-751-8001, 0505-510-4675
전자우편	anri@homilbooks.com

Published in Korea by Homilbooks Publishing Co, Busan.
Registration No. 338-2008-6.
First press export edition June, 2022.

Author Kim, Jihyeon
ISBN 979-11-6826-058-0   03810

본 출판물은 〈우수 출판 콘텐츠 제작지원사업〉의 일환으로
부산광역시와 부산정보산업진흥원의 지원을 통해 제작되었습니다.